결혼하기 전에
한 번은 혼자 살아보고 싶어

결혼하기 전에
한 번은 혼자 살아보고 싶어

이선주 지음

혼자
살아보고
싶은 이들이
알아야 할
모든 것

푸른향기

Prologue

여전히 혼자 사는 게 쉽지만은 않습니다만

148cm에서 성장이 멈춘 나는 작다는 이유로 동생보다 아이 취급을 받았다. 이 험한 세상 저 조막만한 아이가 어떻게 살아갈까, 부모님은 늘 걱정이셨다. 그분들의 과한 걱정은 나를 옥죄었고, 숨 막힐 것 같았다. 스무 세 살, 나는 자유를 찾아 불현듯 서울로 떠나왔다.

하루하루 속박 받지 않고 판타스틱한 삶을 누릴 줄 알았다. 혼자 산 지 한 달도 채 되지 않아 환상은 와장창 깨지고 말았다. 내 몸에서 큰 덩어리 하나가 통째로 떨어져 나간 기분이었다. 허전하고 외로웠다. 하지만 포기하고 싶진 않았다. 헛된 시간은 아니겠지 하며 버틴 지 어느덧 8년. 녹록치 않았지만 나에게 절실하게 필요한 시간이었다. 타인에게 의존적이었던 나는 스스로에게 의존하는 법을 배웠다.

내가 생각하는 자취란 '자'신에게 '취'하는 과정이다. 누군가와 함께 있으면 진정한 나를 만날 시간을 찾기 어렵다. 나와 대화할 수 있는 시간을 갖기에 자취만한 시스템이 없다. 나를 먹이고 나를 재우고 내가 원하는 삶에 대해 나와 상의하는 것. 나 자신에게 취하는 시간을 한 번쯤 만들어보고 싶었다.

자취는 새로운 세계로 가는 과정이다. 불가능하다고 생각했던 일들을 가능하게 만드는 시간이다. 우리는 자신에게 집중할 때 가장 많은 변화를 겪게 된다. 자취는 나에게 집중할 수밖에 없었던 시간이었다. 나를 사랑하기 시작했고, 나를 위해 행동하기 시작했다. 과체중이었던 내가 15kg를 감량하기에 이르렀고, 수면제에 불과했던 책을 1년에 100권까지 읽게 되는 기적을 일으켰다. 정확히 말하자면 혼자인 시간을 잘 보냄으로써 과거의 소심하고 의존적이었던 나와 이별하게 되었다.

홀로서기 전에는 누군가의 눈치를 보느라 내 마음이 무시되는 순간을 많이도 겪었다. 지금은 확실히 강해졌다고 말할 수 있다. 지금의 나를 '땡초'에 비유하고 싶다. '땡초'의 사전적 의미는 아주 매운 고추(청양고추)를 뜻하는 경상도 사투리다. 청양고추는 작지만 맵다. 작다고 해서 절대 얕봐서는 안 될 강렬한 맛이다. 혼자 살기 전엔 물러터진 두부 같았으나 지금은 땡초 같은 사람이 되었다.

여전히 지금도 부모님께서는 물가에 내놓은 아이 같다고 걱정하신다. 하지만 크고 작은 파도가 몰려오는 인생에서 제대로 보낸 혼자만의 시간은 파도를 다루는 힘을 길러준다. 파도에 휩쓸리는 게 아니라, 오히려 파도와 하나 되어 뭍으로 나갈 힘을 얻는 것이다.

가장 달라진 점이 있다면 '연애'다. 혼자 살게 되자 내가 어떤 사람을 좋아하는지에 대한 기준이 달라졌다. 전에는 연애 잘하는 사람을 보면 부러웠다. 난 충분히 나를 사랑하는 것 같은데 왜 제대로 된 연애를 못해볼까? 그건 거짓이었다. 한 번도 진지하게 내면의 소리를 들으려 노력한 적이 없었다. 내 자신을 부정적인 말로 괴롭히고, 자책하기 일쑤였다. 나는 나 자신까지도 속이는 삶을 살았던 것이다. 나의 문제가 무엇인지도 몰랐고, 남자라는 인간과는 잘 될 리가 없다 단정 지어 버렸다. 혼자 살아보니 답은 내 안에 있었다.

그 전까지는 알지 못했다. '나'라는 사람에 대해. 부모님의 기준에 따라 살아온 장녀 이선주는 내 진짜 모습을 보지 못했던 것이다. 잘난 척은 아니지만 서울에 와서 나름 안정된 연애를 하며 주변의 부러움을 사기도 했다. 처음부터 그랬던 건 아니다. 처음 서울에 왔을 때에는 외로움에 사로잡혀 상대방을 보는 기준이 뿌리째 흔들리기도 했다.

지금도 나는 연애 중이다. '나를 사랑하는 사람만이 나를 사랑해주는 사람을 만날 수 있어요'라는 말을 진정으로 이해할 수 있게 되었다.

나는 또한 행복한 결혼을 꿈꾼다. 그러나 내 안의 아이를 그대로 방치한 채로 결혼한 사람들을 보면 결코 행복해보이지 않았다. 나 또한 결혼하기 전, 혼자 살아보지 않았다면 내면의 어린아이를 그대로 둔 채 결혼하는 것과 마찬가지일 것이다. 먼저 결혼한 친구들을 보면 100에 100은 늦게 하라며 만류한다. 혼자 사는 것도 만만치 않은데 어떻게 둘이 함께인 삶이 쉬울 수가 있겠는가.

주변에 행복한 부부들을 보면 두 사람 각자로 온전히 존재하는 게 느껴진다. 칼릴 지브란의 『예언자』에는 이런 구절이 나온다.

> 함께 노래하고 춤추고 즐기되, 각자 홀로 있기를. 비파의 현들이 하나의 음악을 만들지만 따로따로이듯이.
>
> -「결혼에 대하여」 중에서

나로 온전히 존재한다는 건, 그만큼 나를 사랑하고 키워야 하는 일이기도 하다. 2장에는 나를 키우는 방법들을 담았다. 내면의 상처받은 아이를 달래고, 성장하는 나를 마주하는 방법들을.

내 삶이 채워지자 타인의 삶이 눈에 들어왔다. 이 책을 쓰게 된 이유가 여기에 있다. 500만에 육박하는 1인 가구들에게 나는 어떤 식으로 홀로서기를 했는지 들려주고 싶었다. 처음 시작할 때의 구차한 살림살이부터 작지만 소중한 내 자취방을 솔직하게 털어놓기로 했다. 나의 시행착오가 누군가에겐 타산지석이 될 테니까. 나와 같은 자취동기들, 사회초년생들, 그리고 자취를 준비하거나 고민하는 이들에게 이 책이 조금이나마 도움이 되었으면 좋겠다.

2019년 가을

나만의 소중한 공간, 자취방에서

목 차

Episode.2

혼자인 나를 잘 키우는 방법 : 나를 채워주는 것들

Episode.3

여전히 멀고 험한 홀로서기의 길 : 혼자 살면 안 되는 7가지 유형

Episode.4

저절로 되는 결혼수업, 자취

Episode.5

결혼하기 전에 한 번은 혼자 살아보길 잘했다

Episode.1

홀로서기는 처음이라 :
시골 여자의 서울살이 고군분투기

혼자 산다는 건
내 인생의 CEO가 되는 일

2012년 3월. 겨울의 시린 바람이 채 가시지 않은 초봄의 어느 날, 울산에서 서울로 왔다. 서울은 내가 원하는 모든 걸 이루어줄 것만 같았다. 그렇게 나는 서울에서 홀로서기를 시작했다.

처음에는 모든 게 설렜다. 밤마다 통금시간 때문에 힘들어할 필요도 없었다. 엄마의 잔소리도 더 이상 들리지 않았다. 먹고 싶은 과자를 마음껏 먹을 수 있다는 생각에 마냥 신나기만 했다. 그러나 행복은 오래가지 않았다. 혼자라는 사실을 인식하기 시작한 순간, 외로웠다. 엄마가 없는 삶에 적응하는 게 쉬운 일이 아니라는 걸 일주일 만에 바로 깨닫게 된 것이다.

알다시피 서울은 방값이 어마어마하다. 그래서 사회초년생이 선택한 방은 보증금 없는 3평 남짓 고시텔. 당시 치과위생사 1년차 월급 133만 원으로 할 수 있었던 선택은 그게 전부였다. 방값도 방값이지만, 돈 관리부터 모든 생활을 홀로서기 해야 했던 23살의 사회초년생에게는 모든 것들이 어렵게 느껴졌다. 밥 짓는 법 하나 모르는 내가 바보 같았다. 지금까지 내가 얼마나 엄마의 손에 길들여져 있었나 하는 생각은 나 자신을 한없이 부끄럽게 만들었다.

직장에서도 마찬가지였다. 뭐 하나 스스로 할 줄 몰랐던 나는 일하는 데 있어서도 고스란히 그 모습이 드러났다. 흔히 직장에서 말하는 '센스'라는 감각을 1도 모르는 나였다. 아니 0.0000001도! 특히 「미생」과 같은 드라마가 유행하는 대한민국에서 나라는 신입은 미움 받기 딱 좋은 케이스였다. 그래도 특유의 잔망 넘치는 성격 덕분에 가까스로 살아남기는 했지만(웃음).

키가 148cm인 나를 부모님께서는 늘 걱정스런 마음으로 키우셨다. 초경을 일찍 해버린 탓인지, 스트레스를 잘 받는 성격이라 키가 자라지 않은 건지는 모르겠다. 부모님의 과한 보살핌은 곱게 자란 듯한 뉘앙스를 풍기기에 충분했다. 그래서 더욱 홀로서기가 어려웠던 것 같다.

하지만 주변을 둘러보면 홀로서기는 누구에게나 어려운 듯하다. A라는 친구는 어릴 때부터 '엄마 같다'는 소리를 많이 들었다. 즉, 누군가를 잘 챙겨주고 항상 반장을 놓치지 않았으며, 스스로 무엇이든 척척 해냈다. B라는 친구는 유년기시절부터 부모님이 맞벌이를 하셨다. 그래서 자연스레 혼자 있는 시간이 많았다. 그러다보니 집안일에 있어서는 여느 또래와 비교했을 때 가히 고수라 할만

했다. 29살인 지금, 그 둘은 혼자 자취하고 있다. 나만 자취가 어렵다고 생각했다. 그건 착각에 불과했다. 아무리 성향이 그러한들 부모님 품을 떠나 혼자 사는 것은 모두가 처음이었다. 처음은 누구나 어렵다. 경험이 쌓이고 쌓여 노하우를 터득하고, 내 경험이 단단해졌을 때 비로소 쉬워지는 것이다.

혼자 산다는 건 한마디로 '내 인생의 CEO가 되는 것'과 같다. 모든 것을 내가 결정하고, 내 삶을 내가 관리해나가는 것. 집을 구하는 것부터 시작해 모든 생활권을 내가 가지고 있는 것이다. 혼자 살아간다고 생각하면 힘들기만 할 것 같다. 사실 처음에는 모두가 그렇다. 홀로서기 8년째인 나도 여전히 힘들 때가 있다. 그러나 CEO와 직원이 다르듯, 홀로서기를 한 자와 계속해서 부모님이라는 울타리 안에 있는 자는 엄연히 다르다. CEO는 모든 것을 결정해야 하고 그만큼 커다란 시련이 따를 때가 있지만, 보상 또한 크다. 직원은 회사에서 주는 월급으로 그럭저럭 살아가지만, 큰 보상이 따라오긴 어렵다. 엄청나게 많은 노력을 했다 쳐도 직원들 사이에서 승진하는 것뿐, CEO가 될 수는 없다. 이런 말이 있다.

'어느 분야에서든 최고의 실적을 남긴 사람들 중에는 고독을 좋아하는 사람들이 많다.'

즉, 혼자 있는 시간이 많아야 내 삶에 또렷이 집중할 수 있다는 뜻이다. 누군가와 함께하면 타인을 의식하기 시작한다. 내 생각은 그게 아니라도 타인을 의식해 타인이 좋아하는 대로 행동하는 경우가 많다. 자식이 부모님을 그대로 닮아 크는 것도 그 때문이다. 자신의 삶을 제대로 살아가고 싶다면, 반드시 홀로서기의 시간이 필요하다. 홀로서기를 제대로 할 수 있는 방법은 바로 '자취'다.

어린 시절 우상이었던 동방신기의 리더 '유노윤호'는 홀로 상경해 데뷔 전 무척 힘든 시간을 보냈다. 그는 부모님의 반대를 무릅쓰고 무작정 혼자 서울로 왔다. 돈이 없어 서울역에서 노숙으로 시작하고, 자취방에서 눈물을 삼켰던 그는 지금 대한민국과 아시아를 대표하는 가수의 최정상에 올라있다. 「나 혼자 산다」를 대표해 지금도 자취 중인 그녀 '박나래' 역시 10년 무명생활을 뒤로하고 지금은 상승세를 달리고 있다. 성공한 사람들을 보면 대부분 혼자서 힘든 시간을 묵묵히, 또는 대담하게 자신의 방법대로 맞섰다는 것이다.

내가 말하고자 하는 것은 반드시 혼자 살아야만 한다가 아니다. 혼자 사는 것은 분명히 수고가 따르는 일이며 혼자 겪어내야 할 일들이 계속해서 일어난다. 하지만 그 일들을 내가 아닌 타인이 처리해준다면 그것은 내 삶이 아니라 타인의 삶이다. 우리는 세상에 단 하나뿐인 존재다. 나는 네가 될 수 없으며 너는 내가 될 수 없다. 지금까지 내가 아닌 다른 사람의 관점으로만 세상을 살아왔다면, 이제는 내가 결정하도록 하자. 내 인생의 CEO는 바로 나다.

"주야, 혼자 서울에서 산다고 고생 많대이."

아빠랑 전화하면 나오는 단골대사다. 나 또한 단골대사로 대답

한다.

"에이, 아빠! 혼자 잘 사는 사람들이 얼마나 많은데. 내는 괜찮다!"

대답을 하면서 눈물은 어찌나 나는지 모르겠다. 대답 하나는 누구보다 자신감 넘치지만, 현실은 전등 하나 갈지 못해 전전긍긍한다. 음식물쓰레기를 버리다 토를 쏟을 뻔했던 경험은 지금까지도 이어지고 있다. 밥솥에 물 양을 조절 못해서 진밥과 텁텁한 밥 사이 균형 찾기는 하늘의 별따기다. 엄마가 해준 빨래는 늘 좋은 향기가 났는데, 내가 한 빨래는 왜 이렇게 퀴퀴한 냄새가 나는지? 그 옷을 입고 나가면 남들은 내가 안 씻고 다니는 사람인 줄로 알 거다. 별 거 아니라 생각했던 일들이 혼자 살아보니 정말 별 거였다.

「나 혼자 산다」가 대세 프로그램이 된 것은 그만큼 혼자 살아가는 이들이 많기 때문이다. 또 독립하지 않은 자들에게는 자유로운 모습을 대리만족할 수 있는 즐거움을 준다. 가장 큰 이유는 위로와 공감이다. 출연진들은 완벽한 모습보다 서툰 모습을 더 많이 보여준다. 혼자 살면서 고군분투하는 그 모습들은 우리와 많이 닮아있다. 우리는 그 모습을 보면서 '나만 서툰 것이 아니라 연예인들도 마찬가지구나. 사는 건 매한가지구나' 하며 위로를 받는다.

혼자 살게 되면서 많은 것에 서툰 나를 발견한다. 인간이라면 당연한 일이다. 오히려 서툰 모습은 우리가 살아있는 존재임을 더욱 확신케 한다. 그러니 할 줄 아는 거 없다고 힘들어하지 말고, 혼자인 것 같은 생각에 주눅 들 필요가 없다.

이 책을 쓰는 동안에도 왠지 500만 명의 1인 가구동지들과 함께인 것 같아 든든하다. '홀로서기'라는 기차를 함께 탈 준비가 되었는지? 차창 밖으로 보이는 풍경을 함께 보고, 함께 느끼고 싶다. 이 책을 읽는 순간 우린 다 같은 여행자들이다.

'자'유로운 삶에 '취'하다

'오늘은 뭐 맛있는 걸 먹어보지?'

아침에 일어나자마자 드는 생각이다. 아니 사실 전날부터 내일 먹을 것을 생각하는 나는 돼지런한(먹는 것에 있어 부지런한) 자취생이다. 본가에 있을 때는 반찬이 마음에 들지 않을 때마다 어찌나 투정을 했는지 모른다. 예를 들면 오늘 내 입맛은 고기를 원하는데, 엄마는 절에 왔다고 착각이 들만큼 초록색으로 무장한 밥상을 내놓았다. 지금은 내 마음대로 먹을 걸 먹게 되었고, 아이스크림 두 개를 먹어도 배가 아플 거라 걱정하며 말리는 사람은 없다.

'오늘은 몇 시에 자볼까?' '웹툰 이거 다 보고 드라마는 뭘 또 보지?' 하며 콧노래를 흥얼거린다. 이건 오프(직장인의 쉬는 날) 전날 심히 들떠 있는 내 모습이다.

자유로운 삶은 과연 어떤 삶을 의미하는 것일까? 자신의 삶을 스스로 계획한대로 움직일 수 있다면 자유로운 삶일까? 타인이나 무언가에 휘둘려서 스스로 결정할 수 없다면 자유롭지 못한 삶일까?

처음에는 그야말로 자유로운 삶에 취했다. 그게 자취인 줄 알았다. 내 마음대로 할 수 있다는 사실에 들떠서 몇날 며칠을 스마트폰으로 밤을 지새우기 일쑤였다. 통금 없이 친구들과 술을 먹을 수 있다는 사실도 너무 좋았다. 본가에서 살 때만 해도 12시 이후까지 놀아본 적이 거의 없었다. 부모님이 8시, 9시, 10시, 11시… 시간마다 전화를 거셨기 때문이다.

뭐든지 과하면 삶은 내가 생각한 것과 틀어진 방향으로 나아간다. 내가 생각하는 자취, 즉 자유로운 삶에 취하는 방법이란 자유의 균형을 잘 잡고 매일에 충실하게 나아가는 것이다. 스토아 철학자 세네카는 이렇게 말했다.

"육체의 노예인 자는 결코 자유로운 자가 아니다."

육체의 노예가 된 채 그것을 자유라 생각하며 살아가는 1인 가구가 적지 않은 것 같다. 나 또한 마찬가지였다. 지금도 완전히 벗어난 것은 아니지만, 계획하며 사는 것과 육체에 지배당하는 자유는 또 다른 것이다.

사람은 누구나 기본적으로 배우는 것들이 있다. '채소와 과일, 곡식은 몸에 좋다, 운동도 마찬가지다'와 같은 기본 상식들 말이다. 알면서도 우리는 당장의 즐거움을 얻기 위해 어마어마한 설탕이 함유된 음식을 섭취한다. 염분 또한 마찬가지다. 수면을 포기하는 것 또한 하루를 종일 피곤하게 보낼 것이라는 걸 누구나 안다. 그러나 우리는 당장의 아주 짧은 쾌락을 위해 훗날 오래 지속될 자유를 줄인다. 혼자 산다고 해서 진정한 자유를 얻은 것은 아니다. 진정으로 행복하고 자유로운 자취생활을 해나가고 싶다면 무언가의 노예가 되어서는 안 된다.

직장인 A씨는 20대 중반이다. 본가에서 나와 독립하며 균형 잡힌 식사를 하지 못하고, 술과 게임을 달고 살았다. 주된 식사는 구운 고기였으며, 바삭함을 좋아해 늘 고기를 태울 정도로 구워먹었다. 채소와 과일, 곡식은 거의 섭취하지 않았으며 특히 치맥을 좋아했다. 어느 날 몸에 이상을 느낀 그는 병원을 찾았다. 결과는 대장암이었다.

1년 전, 뉴스 기사를 보고 나는 적지 않은 충격을 받았다. 나 또한 고기를 무척이나 좋아했으며, 야채는 일주일에 한번이나 먹을까 말까였다. 혼자 살기 시작하면서 식습관은 더욱 나빠졌다. 아침마다 초코우유와 빵 없인 못 살았다. 게다가 스트레스도 잘 받는 성격이라 풀리지 않는 문제가 있으면 밤을 지새우기 일쑤였고, 물보다 커피를 훨씬 많이 마셨다. 기사를 접하고 걱정이 돼서 바로 병원으로 달려갔다. 결과는 역류성 식도염과 변비 정도로 나왔지만, 다행이라고 할 수는 없었다. 뭐라 하는 사람이 아무도 없으니, 하고 싶은 대로 다했고, 결국 내 몸은 서서히 망가져가고 있었던 것이다.

스트레스를 받을 때면 아이스크림 큰 통을 사와 앉은 자리에서 다 퍼먹었다. 밤늦게까지 핸드폰을 들여다보며 다른 사람과 나 자신을 비교하며 우울해했다. 그런 행동이 쌓일수록 몸과 마음은 해로운 사이클에 익숙해져갔다. 몸은 가벼운 날이 없었으며, 정신은 날로 피폐해졌다. 자유롭고 싶어서 자취를 택했는데, 몸은 피로의 노예가 됐고, 마음은 부정적인 감정의 노예가 됐다.

이래서는 안 되겠다 싶었다. 나는 내 삶의 CEO가 되려고 이 삶을 택했지, 노예가 되는 삶을 택한 건 아니었다. 혼자 산다는 것은 방해받지 않는다고 해서 내 몸과 마음을 버려도 되는 삶이 아니라는 것을 깨달았다. 결혼하게 되거나 부모님과 살 때는 절대 가질 수 없는 나만의 시간. 너무나도 소중한, 오롯이 혼자인 시간. 이 시간을 이렇게 허투루 보낼 수는 없다는 생각이 들었다.

스마트폰 SNS 중독자 중 상급에 속했던 나는 자꾸 비교하는 습관에 길들여져, 내 자존감을 스스로 무너뜨리고 있었다. SNS 하는 시간에 운동을 해 보기로 결심했다. 행복한 척 가식적인 사진을 올리던 습관을 멀리하고 대신 일기를 썼다. 그 결과 148cm에 57kg까지 나가던 나는 홈트레이닝으로 15kg를 감량했으며, 매일의 감정을 분홍색 예쁜 노트에 기록해 나가면서 하루하루 성장해 나감을 느꼈다.

이러한 작은 행동들이 모여 습관이 됐고, 이 습관들은 혼자 살아가는 삶에 큰 에너지를 주었다. 무언가에 흔들리지 않고 내 자신이 하나하나 생각하고 행동해나가는 삶. 그것이 진정한 자유였다.

내가 하고 싶어서 무언가를 할 때, 이 행동이 과연 정말 나 자신을 위한 것인지 생각해볼 필요가 있다. 자유라고 생각하는 것들이 사실은 나를 방치하는 길일 수도 있기 때문이다.

'나, 괜찮은 걸까?'라는 생각이 조금이라도 든다면 깊은 곳에 있는 내 자아가 이제 그만하라고 나에게 외치고 있는 것이다. 그렇다면 정말 자유롭게, 그리고 행복하게 혼자 살아가기 위해서는 어떻게 해야 하는 걸까?

내가 행복하다고 느낄 때는 삶이 균형을 이룰 때였다. 어느 하나에 치우치지 않는 것이다. 자유의 균형을 말하기에 앞서 말하고자 하는 것이 있다. 몸과 마음은 하나라는 사실이다. 몸과 마음을 다스리지 않으면 가장 중요한 내 자신을 잃어버리고 만다. 균형을 잡기 힘들게 만드는 것은 바로 보상심리다.

'스트레스를 받았으니까 치킨에 맥주 먹어야지!'

'오늘은 좀 쉬어야 되니까 웹툰이랑 드라마 정주행하고 새벽에 자야겠다'

이처럼 나는 '~했으니까 이래도 돼' 하는 식의 태도가 보상심리다.

나 역시 달달한 걸 먹거나 야식을 먹는 걸 좋아하고, 때로 이런 시간이 필요하다. 하지만 행동 자체가 나쁘다는 것이 아니라, 한쪽으로 치우치게 되면 몸도 마음도 균형을 잃고 무너지게 된다는 뜻이다. 내게 하는 보상이 정말 나에게 도움이 되는 보상일까? 하는 태도를 습관화해야 한다.

지금도 여전히 나는 균형 잡힌 자취생활을 위한 줄타기를 하고 있다. 떨어질 듯 위태위태할 때도 있지만, 전보다는 안정적이다. 이러한 행동들이 이제는 습관이 됐다. 진정한 자유란 나를 포기하는 게 아니다. 나를 위해 무언가를 하는 것이다. 조금씩 나를 위해 행동하다 보니, 어느새 자유로워진 내가 있었다.

여자가 조신하게 있어야지?

"우리 영재, 서울 의대 합격시킬 수만 있다면 뭐든 다 할게요. 네?"

대한민국 입시현실을 다룬 드라마 「스카이캐슬」에 나오는 대사 중 하나다. 스카이캐슬에 사는 사람들은 자식들을 명문대에 보내려 온갖 방법을 다 동원한다. 자녀가 무엇을 원하는지는 관심이 없다. 이 드라마에서는 "다 네가 더 잘 살게 하려고 그런 거야"라는 대사가 자주 등장한다. 잘 산다는 것은 과연 무엇을 의미할까?

고등학교 3학년. 매일같이 이어지는 야간자율학습시간에 지쳐 있었다. 꿈이 뭔지도 모르고 목표가 뭔지도 몰랐다. 매일 밤 10시까지 학교에서 공부하고, 집에 오면 밤 11시가 다 됐다. 공부시간보다 더 힘들었던 건 '고3'이라는 현실의 무게였다. 그래서 고3 교실의 분위기는 암울 그 자체였다.

"선주야, 너는 무조건 전문직을 해야 돼. 요즘 같은 세상에 전문직 같이 좋은 직장 없다. 그러니까 간호과나 치과위생과에 넣어봐. 그게 어려우면 치기공사, 안경사라도 좋고."

그렇다. 나는 내가 뭐가 되고 싶은지 정확하게 모른 채, 엄마가 좋다면 다 좋은 거라 생각했기 때문에 엄마의 뜻에 따라 전문대학에 입학했고, 지금은 치과위생사 8년차를 향해 달려가고 있다. 물론 내 직업이 싫지는 않다. 추울 때 따뜻한 곳에서, 더울 땐 시원한 에어컨 밑에서 일할 수 있는 것만 해도 감사할 일이다. 허나, 내가 말하고자 하는 것은 단순히 직업문제가 아니다.

내 생각과 부모님 생각이 상충되었을 때 나는 99% 부모님 말씀을 따랐다. 그것이 옳다 생각했기 때문이다. 마음으로는 거절하고 싶어도, 부모님을 실망시키고 싶지 않은 마음이 훨씬 더 컸다.

솔직히 나는 '관종'(관심종자)이다. 별로 좋게 보지 않는 사람도 있지만, 관종이 꼭 나쁜 것만은 아니다. 사람들을 무척이나 좋아하고, 친구들을 너무 좋아하는 나는 사람들이 나로 인해 웃을 때 가장 큰 행복을 느낀다. "또라이"라는 말도 많이 들어봤고 지금도 듣는다. "재 진짜 특이하다" "제2의 박나래다"(실제로 키도 같다)라는 말도 많이 들었다. 이렇게 나대는 성격을 가진 나를 부모님은 부끄러워하셨다.

"왜 이렇게 니는 선머슴 같노? 여자가 조신하게 있어야지."

"니는 진짜 특이하다."

"선주야, 좋은 데 시집갈라면 일단 니 직장부터 좋아야 된대이."

엄마는 늘 걱정하셨다. 남편은 밖에서 사회생활하고, 아내는 집에서 집안일을 하며 지내던 시절을 살아온 엄마는 밤마다 거실 베란다 창문에 비친 자기 모습을 보며 웃긴 춤을 춰대는 딸이 걱정되셨을 거다. 맨날 남자애들이랑 싸우고, 어딜 가든 큰소리로 웃어대서 주목받기 일쑤였던 딸을 보며 얼마나 머리가 아프셨을까.

그래서 가능하면 조신하게 살아가려고 노력했다. 나는 밖에서는 너무나도 활발하고 수다쟁이지만, 집에서는 말수를 줄였다. 무뚝뚝한 장녀가 되었다. 부모님이 싫어하시니까 하지 않겠다는 생각을 하면서, 나 자신을 부모님이 지어준 한계에 가두어버린 것이다.

엄마 말로는 내가 초등학생 때부터 감정이입을 너무 잘해서 어이가 없었단다. 드라마를 보다 TV에 대고 악역에게 소리 지르기도 하고, 펑펑 울기도 잘했더란다. 지금도 나는 감정이입을 잘 한다. 드라마를 볼 때뿐만 아니라 평상시에도 타인과의 감정 공유가 뛰어나다. 친구가 스트레스를 받을 때도 똑같이, 아니 배로 느끼고, 친구가 행복해 할 때도 배로 느낀다. 어릴 땐 과하다 생각했던 감정이입 능력이 지금은 위로와 공감을 몇 배로 해줄 수 있는 능력으로 자란 것이다.

혼자 산 지 8년이 된 지금, 내게 찾아온 가장 큰 변화는 내 감정에 충실하다는 것이다. 부모님과 함께 살 때는 내 감정에 충실하기가 쉽지 않았다. 부모님을 의식할 수밖에 없었다. 엄마를 실망시키지 않을까 하는 초조감, 이런 행동을 하면 싫어하시지 않을까 하는 억눌린 감정 등이 나를 불편하게 했다. 내 삶에 대한 방향도 흔들렸다.

하지만 혼자 있는 시간이 길어지면서, 내 감정에 관심이 많아졌다. '왜 내가 이렇게 기분이 좋지 않을까?' 하며 나를 행복하게 해주려 노력한다. '오늘은 왜 이렇게 답답하지?' 하며 해결책을 찾으려 한다. 도저히 답이 나오지 않을 땐 글을 쓰며 답답함을 푼다. 그러다보면 어느새 괜찮아져 있는 나를 발견한다. 사람들을 좋아하고 웃기는 원래의 내 모습대로 행동한다. 실제로 「전국노래자랑 은평구 편」에서 250:15의 경쟁률을 뚫고 방송에 출연하기도 했고, 「생생정보통」, 「생활의 달인」, 「먹거리X파일」 등 우연치 않게 방송에 세 번이나 출연했다. 나 자신을 인정하면서 나라는 에너지가 커지고, 내가 원하는 것들이 자연스레 내게로 끌려온 결과였다.

혼자 살면서 가장 크게 깨달은 것은, 나는 특이한 게 아니라 특별하다는 거였다. 우리는 누군가를 볼 때 자신만의 견해로 판단한다. A라는 친구는 나를 특이하다 생각할 수 있지만, B라는 친구는 참 재밌는 애라고 생각할 수 있다. 결국, 나라는 존재는 내 자신이 결정하는 것이다.

앞에서 이야기한 자유롭게 취하는 삶을 사는 것 또한 내 시야를 가지고 살아갈 때 가능하다. 아직도 엄마의 시야라는 필터를 끼고 세상을 살아간다면, 그것은 자신이 자유롭지 못하다는 사실을 보여주는 것이다. 「SKY캐슬」에 나오는 부모님도, 우리 부모님도 자식 걱정이 마를 날이 없다. 하지만, 자녀인 우리가 정말 잘 사는 것이란 우리가 원하는 삶을 사는 것이다.

엄마가 씌워준 필터를 과감하게 벗어던지는 방법은 혼자 살아보는 데에 있다. 내 필터를 직접 만들어 볼 수 있는 기회는 내 공간과 시간이 주어질 때만이 가능하다. 결혼해서도 엄마와의 건강한 분리를 하지 못해 부부관계가 흐트러지는 경우를 수없이 봐왔다. 나만의 필터를 갖지 않으면 내 인생의 방관자가 되고 만다. 엄마도 엄마 고유의 삶이 있듯, 내게도 내 삶이 있는 것이다.

자취를 하게 되면서 내 삶의 필터는 더욱 선명해졌다. 나만의 필터로 세상을 바라보자 이전에는 보지 못했던 세계가 펼쳐졌다. 한정적이기만 했던 사고방식은 상황에 따라 넓어지고 다채롭게 변했다. 오직 '나'로 세상을 바라보니 세상은 훨씬 더 넓어보였다. 오로지 내가 겪은 경험과 내가 내린 판단들은 나라는 세계를 넓히기에 충분한 과정이었다. 나만의 필터를 만드는 과정에서 자아가 복잡해지는 과정을 겪기도 했지만 그만큼 나는 단단해졌다. 지금도 나만의 필터로 나만의 세계를 구축해나가는 중이다. 내 세계는 나만이 만들 수 있는 것이니까.

취업의 문만큼 어려운 게 원룸의 문?

'지옥고에 갇힌 청년의 방'이라는 말이 있다. '지옥고'란 반지하, 옥탑방, 고시원을 뜻하는 신조어다. 이 지옥고에서도 방세는 생활비의 반을 차지한다. 말 그대로 생활고의 '지옥'인 것이다.

나 또한 지옥고 중 하나를 택할 수밖에 없었다. 자유를 갈구하여 상경했으나, 이곳은 서울. 방값이 만만치가 않았다. 넓고 따뜻한 집을 박차고 나온 나는 고작 1년차 치과위생사였다. 그마저도 일을 시작하기 전이었다. 일단 집부터 구하고 가까운 곳에 직장을 구할 생각이었다. 그러나 터무니없이 비싼 방값 앞에 좌절하고야 말았다.

보증금 500만 원은커녕 천 원 한 장 귀하던 사회초년생 시절. 그렇다고 부모님에게 절대로 손을 빌릴 수는 없었다. 사회초년생이 은행에서 대출받기란 쉽게 허락되지 않았다. 내가 할 수 있는 건 보증금 없는 3평짜리 고시텔에 사는 것뿐이었다.

> 취업준비생 천모(25)씨는 2016년부터 서울 성북구의 한 고시원에 살고 있다. 그는 “집에서 학교까지 왕복 4~5시간이 걸려 학교 근처에 방을 구했다”며 “원룸은 최소 수백만 원 보증금이 필요해 고시원을 택했다”고 했다. 그는 매달 뛰는 과외비로 방세 40만 원을 낸다. 천씨는 “방세가 생활비의 절반”이라며 한숨을 쉬었다. (2018.5.26. 국민일보)

기사에 나온 것처럼 이런 사례는 주변에서 적지 않게 볼 수 있다. 나와 친한 K언니는 사회생활 7년차이다. 그러나 여전히 학자금 대출을 갚고 있는 실정이고, 월급이 나오는 날이면 대부분의 돈은 집으로 보낸다. 모아놓은 돈이 적을 수밖에 없는 상황에서 선택할 수 있는 건 그나마 보증금을 낮춰 비싼 방세를 택하는 것뿐이었다. 보증금 300만 원에 방값 45만 원, 관리비는 당연히 별도다.

45만 원에 관리비 별도면 그렇게 저렴한 원룸 가격은 아니다. 그러나 빛 좋은 개살구라 했던가. 겉으로 보기엔 번지르르했지만 막상 살아보니 이곳저곳 성한 곳이 없더란다. 그렇다면 아예 저렴한 방은? 싼 게 비지떡이라더니, 말하지 않아도 상상이 갈 것이다.

오죽하면 ‘취업의 문만큼 열기 어려운 게 좋은 원룸의 문’이라는 말까지 있을까? 그렇다고 해서 아예 없는 건 아니지만 이것저것

다 만족하기 힘든 게 사실이다. 현재 내가 살고 있는 방은 보증금 1,000만 원에 월세 34만 원. 서울에 사는 것 치고 꽤 괜찮은 가격대다. 물론 하루아침에 구한 것은 아니다. 태양이 이글거리다 못해 아스팔트를 통째로 녹여버릴 것 같은 무더위 속을 얼마나 돌아다녔는지 모른다. 그럼에도 불구하고 34만 원은 결코 적은 돈이 아니다. 거기에 관리비까지 더하면 40만 원이 훌쩍 넘는다. 40만 원은 생각보다 많은 것들을 할 수 있는 돈이다. 3년 전 갔던 라오스여행 비용도 6일 동안 40만 원이 채 안 들었다. 아, 생각할수록 아까운 방세여!

살기로 계약한 이상 어떻게 하겠는가. 고정으로 나가게 될 돈이다. 더 이상의 미련을 버리기로 했다. 그리하여 절약하기로 결정한 게 관리비다. TV수신료 줄여보겠다고 일단 TV를 끊었다. 물론 좋은 점이 훨씬 많다. TV를 보던 시간에 운동하고 책 읽고 명상을 하게 됐으니 말이다.

외출하기 전 뽑을 수 있는 전선 코드는 다 뽑는다. 내 소중한 맥주가 들어있는 냉장고를 제외하고는. 겨울철 가장 많은 비용을 차지하는 건 난방비다. 사실 에어컨은 방이 좁아서인지 크게 비용이 들지 않는다. 문제는 역시 보일러였다. 영하 17도의 서울 추위는 남쪽에서 올라온 내게 마치 북극과도 같은 추위였다. 어쩔 수 없이 펑펑 틀어댔다. 한 달에 10만 원이 가볍게 날아갔다.

처음에는 보일러를 세게 틀어놨다가 방이 뜨거워지면 얼른 끄고 전기장판 안으로 들어갔다. 그러나 갑자기 많은 에너지가 필요했던 보일러는 더 많은 비용을 발생케 했다. 지금은 제일 낮은 온도에서 살짝 높은 정도로 아침까지 유지한다. TV수신료를 포함해 코드 뽑기, 보일러 온도 유지 등만 잘 해도 몇 만 원의 돈이 절약된다. 뭐든 살아보다가 방법을 터득하게 되는 거다.

그렇게 얻은 몇 만 원으로 밥 몇 끼가 해결된다. 그뿐이랴? 영화도 볼 수 있고, 내가 좋아하는 무언가를 하기에 충분한 돈이다. 방세는 어차피 고정돼 있으니, 관리비라도 작은 실천을 통해 절약하는 게 훨씬 이득인 셈. 역시 실천이 중요하다.

관리비 걱정이 없다는 게 고시텔의 가장 큰 장점이다. 사회초년생들이나 취업준비생의 경우 고시텔을 많이 택하는 이유이다. 옥탑방 같은 경우 보일러가 전혀 소용이 없다. 여름엔 미치도록 덥고 겨울엔 추위로 사람을 미치게 만든다. 기온에 민감한 타입일 경우 옥탑방은 추천하지 않는다. 혹여 옥상의 낭만에 취할 체력을 가지고 있다면, 살아보는 것도 나쁘지 않다. 훗날 멋진 추억의 한 조각쯤 되어줄 가치는 있을 테니까.

가장 좋은 방법은 사실 전세 대출이나, 그마저도 내 돈 30%가 들어가야 한다. 물론 나도 전세를 알아보기는 했다. 그러나 요즘은 전세 자체가 워낙 희귀하고, 있다 해도 저렴한 게 7~8천만 원 수준이다. 말이 8천만 원이지 8천만 원을 모으는 게 어디 쉬운 일일까.

그렇다고 해서 과도하게 대출을 받는 것 또한 조심해야 한다. 은행에서는 보통 소득에 따라 대출을 허가해준다. 사회초년생이나 취업준비생의 경우 은행이 아닌 제2금융권에 손대기 쉽다. 허나 그 방법은 신중을 기해야 한다. 아직 경제생활을 해보지도 않고 돈 관리를 하지 않은 상태에서 무턱대고 대출을 하는 것은 꼬리가 개를 흔드는 격이다. '차차 갚아나가면 되지' 하고 안일하게 생각했다가는 훗날 어떤 문제를 일으킬지 모른다. 따라서 내가 가진 돈을 생각하면서 상황에 맞게 구하는 게 가장 적합하다.

'시작은 미약하나, 그 끝은 창대하리라'는 말이 있다. 타고난 부자가 아닌 이상 평범한 사람들은 상황이 거의 비슷하다. 그 미약한 시작을 어떻게 보내는가에 따라 삶이 달라지고 결과도 변한다. 사회생활을 하고 돈을 직접 벌어보며 돈의 소중함을 더욱 깨닫는다. 방값을 지불하면서 그게 얼마나 아까운지를 체험한다. 나는 더 나은 삶을 살고 싶었다. 내가 살고 싶은 집을 늘 머릿속으로 그리고 상상했다.

지금은 내가 상상하던 원룸에서 자취 중이다. 지옥고에 살 때도 그곳만의 장점에 감사했다. 늘 감사하고, 돈을 관리하고, 순간순간을 인식하며 살다 보면 결국 원하는 삶을 살고 있는 나를 발견할 수 있다. 중요한 것은 작은 것부터 실천하기다. 방값이 비싸다고 불평을 늘어놔봤자 달라질 것은 아무것도 없다. 코드 뽑는 사소한 행동 하나가 내게 꿀맛 같은 커피 한 잔을 선사하기도 한다.

귀찮다고 침대에만 굴러다니며 아무것도 하지 않던 나는 이제 없다. 작은 행동이라도 실천하면 훗날 더 큰 보상이 온다는 것을 이제는 안다.

어두운 고시텔에서 햇빛이 드는 원룸까지

"치킨 먹으러 나갈래?"

"당연히 나가야지."

시계바늘은 밤 10시를 향해 달려가고 있었다. 그러나 늦은 시각도 야식에 대한 우리의 열정을 가로막지는 못했다. 사회초년생 시절 나와 친구들은 서울로 무작정 올라와 한 고시텔에 거주했다. 함께 고시텔에서 동고동락하던 시절은 지금도 우리를 울고 웃게 만드는 귀한 추억이 되었다.

고시텔의 장점은 여럿이 같이 사는 것이다. 반면에 큰 단점이기도 하다. 양면성을 가진 고시텔에서 살다보면 마음가짐을 어떻게 먹느냐에 따라 큰 차이가 난다. 물론 친구들과 함께 살아서 나는 무척 좋았다. 혼자 고시텔에 살던 시절에는 외로움이 컸다. 대신 여러 명이 함께 거주하고 총무가 항시 데스크를 지키다 보니 원룸에 사는 것보다 덜 위험했다. 물론 남녀가 함께 사용하는 고시텔은 절대 가지 않았다. 여성 전용 고시텔도 워낙 많고, 안전이 내겐 최우선이었기 때문이다.

요즘의 고시텔은 옛날 고시원이라 불리던 곳과는 확연히 달라졌다. 일단 밥과 라면, 김치가 늘 공용주방에 배치되어 있다. 돈도 고프고 배도 고프던 23살의 나는 그 세 가지에도 감사했다. 밥이 일단 제공되니 간단한 반찬만 근처에서 사와 해결하면 됐다. 고시텔이 가진 장점이었다.

단점은 방이 좁아서 짐을 많이 둘 수 없고, 화재라도 난다면 무척이나 위험한 구조였다. 얼마 전 발생한 '종로고시텔 화재사건'을 보고 마음이 많이 아팠다. 그럼에도 불구하고 여전히 고시텔에 살 수밖에 없는 이들이 많다.

내 기준에서 가장 좋지 않았던 점은 '햇빛' 한 점 들지 않는다는 거였다. 어떻게 보면 태양은 당연한 존재이나, 그만큼 당연하게 쬐어주지 않으면 병에 들기 쉽다. 햇빛은 신체 내 비타민D 합성에 관여한다. 『노인정신의학』 저널에 실린 연구에서는 햇살을 받지 못해 비타민D 수치가 낮은 사람들은 일반적인 경우보다 우울증에 걸릴 가능성이 10배 더 높다고 했다. 고시원에 사는 사람들 중 우울증에 걸린 사람들이 많은 이유 또한 여기에 있다. 고시 자체가 스트레스 원인을 제공하는 데다 햇빛까지 받지 못하다 보니 우울감이 심화될 수밖에 없다. 나 또한 밤낮의 구분이 되지 않아 불면

증과 과수면 사이에서 무척이나 고생했다. 새벽까지 깨어있다가 늦게 잠들고 늦게 일어나는 일이 당연한 일상이었다.

햇빛은 우리 몸이 소비하는 에너지를 늘리고 폭식증을 예방, 체중 증가를 막는다는 연구 결과가 있다. 실제로 나와 친구들은 고시텔에서 급격히 살이 찌기도 했다. 엄마가 해주신 영양 가득한 밥만 먹다가 간편 음식들을 주로 섭취한 이유도 있겠지만, 원룸에 사는 지금보다 고시텔에서 유난히 더 살이 쪘다. 친구 두 명은 10kg 가까이 체중이 늘어났다. 먹는 것에 대한 집착도 유난히 강했다.

특히 스물다섯에 찾아온 부정맥은 내가 원룸으로 옮기게 된 가장 큰 계기가 되었다. 3년 동안 고시텔 생활을 했다. 처음 1~2년간은 살 만했다. 그러나 3년째에 결국 탈이 났다. 안 그래도 건강이 점점 악화되던 참이었다. 고시텔에서는 사람들 자체가 무척 날이 서 있었다. 직장인보다 진짜 고시생들이 많은 곳이라 그런지 분위기가 살벌했다. 조금만 소리를 내도 방문 앞에 마구 휘갈겨 쓴 메모가 붙어 있었다. TV가 있었지만 켜지 못했다. 소리를 0에서 1로만 올려도 다짜고짜 찾아와 전자파가 느껴진다며 이상한 소리를 해댔다. 직장에서도 스트레스를 받고 고시텔에서도 스트레스를 받으니, 심장이 결국 고장이 났다.

거울에 비친 내 모습을 보니 더 이상 나를 방치할 수 없었다. 고시텔에서의 3년은 수면 체계를 망가뜨렸다. 눈가는 퀭했고 얼굴은 건조하다 못해 푸석거렸다. 아침에 급한 통화를 1분이라도 하면 옆방에서 벽을 쾅쾅! 하고 두드리는 바람에 나는 지금도 작은 소리에 놀란다. 이불 속에서 전화를 하다 보면 축축한 입김이 얼굴로 다시 반사됐다. 땀을 흘린 것도 아닌데 내 입김으로 얼굴이 젖었다. 그렇게 이불 속에서 나는 같이 어두워졌다. 더는 어두운 곳에서 살기 싫었다.

결국 3년간 다니던 직장을 그만뒀다. 몇 년 간의 노동으로 천만 원의 보증금을 마련했다. 그리고 꿈꿔왔던 햇빛으로 방안을 가득 채우는 원룸으로 이사하게 됐다.

"눈이 부시도록 투명한 아침~ 싱그러운 햇살 속에~ 잠든 너의 숨결 위로 묻어나는 행복~"

내 노래인 줄 알았다. 김종국의 「별, 바람, 햇살 그리고 사랑」 가사 중 일부이다. 일단 햇살이 잘 드니 불면증이 사라졌다. 햇살은 자연스레 알람이 되어주었다. 너무 눈부셔서 지금은 커튼을 달아 놓긴 했지만. 우울감이 많이 회복됐다. 고시텔에 살 때는 지독한 폰중독이었다. 지금도 폰을 보지 않는 건 아니지만, 어둠 속에서 빛이라고 할 수 있는 건 스마트폰의 블루라이트뿐이었다.

그럼에도 불구하고 고시텔을 택할 수밖에 없는 상황이 있다. 그럴 땐 그곳의 장점을 최대한 이용하면 된다. 조금 더 비용을 주더라도 창이 나 있는 쪽을 선택하는 것이다. 실제로 한 친구는 창문이 나 있는 방을 이용했고, 나는 그 반대였다. 그 친구는 고시텔 멤버 중 가장 규칙적인 수면생활을 했다. 그리고 바깥으로 창문이나 있어 환기를 시킬 수 있었다. 창측 방이 다 차서 들어갈 수 없는 경우에는 산책을 하는 게 좋다. 내 경우에는 근처에 청계천이 있어서 주말마다 산책을 했다. 의식적으로라도 걷기 위해 애를 썼다.

또 하나 중요한 것은 환경 선택이다. 고시텔을 선택할 때도 직장인이라면 직장인들이 주로 있는 곳에서 거주를 시작하는 게 좋다. 고시생인 경우에는 두 가지 선택이 있다. 하나는 같은 고시생들과 함께 공부하는 환경을 택하는 것. 이 경우는 남들도 다 공부하니까 자신도 하게 될 수 있지만, 반대로 예민한 환경 속에 빨려 들어가 우울해질 수 있다. 또 하나는 직장인들이 있는 곳에서 그들을 보며 열정을 키우는 것이다. 이 또한 반대로 '나는 언제 저렇게 될까?' 하고 자신과 남을 비교하면서 위축감이 들 수 있다.

가장 중요한 건 역시 마음가짐이 아닐까. 단단하면서 유연하기도 한 마음가짐. 함께 살다 보면 어쩔 수 없이 타인을 의식하게 된다. 사람이기에 당연하다. 따라서 낙관적인 자세를 유지하는 게 중요하다.

'다른 사람들도 모두 공부를 열심히 하네? 나도 열심히 해서 우리 모두 다 잘됐으면 좋겠다'라는 마음을 가지고, 두 번째의 경우도 '와, 저렇게 멋진 옷을 입고 사고 싶은 거 다 살 수 있는 직장인들이 옆에 있으니까 동기부여가 되네. 나도 그날이 머지않았어' 하고 생각하는 것이다. 마음가짐을 어떻게 갖느냐에 따라 내가 사는 곳이 바뀐다. 이곳이 천국이 될지 지옥이 될지 결정하는 건 내 마음에 달렸다.

고시텔에 사는 나도, 원룸에 사는 나도 똑같은 나다. 원룸에 살고 있어도 코딱지만 한 곳에 산다며 불평하는 이들도 적지 않게 볼 수 있다. 그런 사람들은 100평대 아파트에 살아도 단점을 늘어놓을 것이다. 주어진 상황에서 최대한 장점을 찾을 것. 그리고 주어진 것들에 감사할 것. 낙관적일 것. 이 세 가지만 잘 실천해도 혼자서 충분히 행복하게 살아갈 수 있다.

여자 혼자 자취,
스스로를 지키는 4가지 방법

오피스텔에서 홀로 살아가는 경민(공효진 분). 어느 날인가부터 이상한 점이 집 안팎에서 포착된다. 화장실 변기 뚜껑이 올라가있거나, 분명히 마시지 않은 우유였는데 거의 비어있다. 가장 이상한 점은 현관 도어락이 반쯤 열려있다는 것. 두려운 마음에 비밀번호를 바꾸지만, 그날 밤 모르는 사람이 억지로 현관문을 열려 한다. 경찰에 신고해도 대수롭지 않다는 듯 넘기는 경찰. 그 이후부터 경민 주변에서 끔찍한 사건이 벌어지기 시작한다. 영화 「도어락」의 줄거리다.

혼자 사는 여성의 수가 매년 증가하고 있다. 2018년 여성 1인 가구 수는 전체 1인 가구 수의 절반 수준인 2,843,000가구인 것으로 집계됐다. 2025년에는 300만을 훌쩍 넘길 것이라 예상된다. 점점 늘어만 가는 여성 1인 가구의 수에 반해, 그들을 보호할 뾰족한 정책이나 대책은 적다. 영화 「도어락」이 더 이상 상상이 아닌 현실이 되기 충분한 설정이다.

"삐삐 삑 삑 삐 삑."

벌떡! 하고 순간적으로 몸을 일으켰다. 친구와 신나게 전화로 수다를 떨고 난 후, 기분 좋게 침대 위에 누운 어느 주말 밤이었다. 갑자기 누군가 우리 집 도어락을 누른 것이다. 심장이 철렁 내려앉았다. 현관문 가까이 다가가 도어락 아래에 있는 이중 걸쇠를 다시 한 번 조용하게 잠갔다. 알고 보니, 술에 취해 찾아온 옆집 사람의 지인이었다. 다행히 별 일은 아니었지만, 어찌나 긴장했는지 그 순간 몇 초만큼은 두려움에 벌벌 떨었다.

혼자 살기로 결심한 후, 내가 가장 신경 썼던 것은 치안 문제였다. 집을 구할 때도 최대한 구석지지 않은 곳, 무조건 2층 이상으로 된 곳, 안전 걸쇠가 달린 곳을 찾았다. 뉴스에 나오는 여러 가지 사건들을 보면서, 내가 피해자가 될 수도 있지 않을까 하는 두려움을 늘 갖고 살았다. 퇴근해서 집에 돌아오면 가끔 옷장 문을 벌컥 하고 열어본다던지, 세탁기 안을 한 번 더 보게 된다던지 누군가 있는 건 아닐까 의심한 적 또한 많았다. 서울에 올라와 자취하는 친구들 이야기를 들어보면 꼭 한 번은 나와 같은 행동을 했다고 한다. 그만큼 여자 혼자 사는 것에 대한 두려움이 깊게 자리 잡고 있는 것이다.

「도어락」에서도 경찰에 신고하지만, 이렇다 할 증거가 없는 상황에서 예민한 사람으로 지목받는 건 당사자 '경민'이다. 사실 자신을 지킬 수 있는 것은 무엇보다도 '나 자신'이다. 그러나 알면서도 우리는 무의식적으로 지나치며 행동한다. 미리 조심해서 나쁠 건 없다. 자신의 안전을 지키는 방법만 잘 지켜도 충분히 예방이 되니 알아두는 게 좋겠다.

첫째, 가장 흔히 일어났던 범죄 중 하나가 바로 "택배요"이다. 인터넷으로 많은 것들을 구매하는 요즘, 택배는 일상 중 한 부분이 됐다. 예전에 모 방송에서 실험을 한 적이 있다. 아무 집이나 찾아가서 "택배입니다" 하고 말했더니 의심 없이 열어준 경우가 다반사였다는 것. 일상이 되어버린 택배 받기를 이용해 나쁜 마음을 먹는 사람들이 있다. 그래서 평소에 미리 대비해 놓는 것이 무척 중요하다. 집순이인 친구 A양은 주문 택배양이 잦다. 그래서 더욱 꼼꼼히 체크한다. 스마트폰에 택배가 언제 올지, 어느 택배사인지 미리 기록해놓는다. 택배박스에 붙여져 있는 종이는 개인정보가 노출되어 있으므로 택배 박스를 뜯으면서 종이도 함께 찢는 것 또한 방법이다.

둘째, 배달음식이다. 요즘 기가 막힌 배달앱들이 정말 많다. 웬만하면 너무 늦은 시간에는 이용을 자제하는 게 좋다. 얼마 전에도 배달원 K씨가 혼자 사는 여성의 집을 무작정 밀고 들어가 성폭행을 시도하려다 실패했다는 기사를 접했다. 순천향대학교 경찰행정학과 오윤성 교수는 "배달업종의 경우 범죄경력조회가 의무가 아니다 보니 이를 확인할 수 있는 법적 근거가 없을 뿐더러, 사회적 합의도 필요한 부분이라 신중히 판단해야 할 문제다"라고 말했다. 결국 우리의 안전은 우리가 지켜야 한다는 말이다.

나 또한 치맥이 당기는 주말 늦은 밤 가끔 이용하기도 한다. 이런 경우엔 도착해서 전화 달라고 한 후, 1층 현관문 바깥에서 결제를 주고받는다. 그리고 최대한 배달원에게 예의바르게 행동한다. 배달이 늦거나 메뉴가 다르다며 소리를 질렀다가 위협을 받았다는 사례를 여러 번 보고 들었다. 자신을 지키기 위해서는 나 이외의 모든 사람들에게 예의를 지키는 것이 좋다. 집 주소와 전화번호 등 내 정보가 노출됐고, 악감정으로 대해봤자 좋을 것은 아무것도 없다. 내가 갑질을 한다고 해서 그 사람보다 우위에 있는 것은 아니다. 동등하게 대해주고 예의를 지킬 때 내 인격은 더 빛이 나기 마련이다.

셋째, 친한 사람들 외에 혼자 사는 것을 널리 알리지 않는 것이다. 가장 쉽게 노출될 수 있는 SNS에 혼자 사는 모습을 올린다던지, 아무렇지도 않게 신상이 적혀 있는 서류를 노출하는 경우도 흔하다. 실제로 주변인 중 한 명은 인스타그램을 통해 음흉한 다이렉트 메시지를 받은 적이 있다. 친구들끼리 공유하는 거야 상관없다. 그러나 자신의 동네와 집이 어딘지, 혼자 사는지를 공공연하게 알리는 것은 표적이 될 이유가 충분하다. 친척과 함께 산다던지, 누군가와 함께 사는 것처럼 속이는 것은 나쁜 게 아니다. 거짓말이라고 해서 다 나쁜 거짓말은 아니다. 누구도 해하려는 의도 없이 오로지 나를 지키기 위한 백색 거짓말이니까.

넷째, 긴급 상황을 대비해 단축번호를 저장해놓거나(가까운 파출소를 추천), 걸쇠가 달린 문을 무조건 설치하고, 비밀번호를 최대한 어렵게 설정해 놓는 것이다. 한 번쯤 들어봄직한 말이지만 실행하는 사람은 생각보다 적다.

주의할 점도, 신경 써야 할 점도 많은 것이 현실이지만 여전히 나는 혼자 산다. 조금만 주의를 기울인다면 두려움보다 얻는 게 많은 지금의 내 삶을 나는 포기할 수 없다. 사실 가족들과 살 때에도 귀갓길이 무서운 건 똑같았다. 오히려 본가는 인적이 드문 곳에 위치했다. 서울처럼 밤에도 불이 환히 켜져 있는 것이 아니라, 주홍빛 가로등만 드문드문 있었을 뿐이다. 살아가는 데 있어 초점을 두려움에 맞추는 대신 내 삶에 집중하다 보니, 자연스레 두려움은 사라져갔다.

'행복한 여자는 혼자서도 당당하다'라는 말이 있다. 주변을 돌아보면 처음에는 혼자 산다는 것에 대한 공포와 두려움을 크게 느낀다. 그러나 직접 부딪히며 살다보니 자신이 더욱 긍정적으로 변하게 되었다는 사람들이 많다. 두려움을 마주하고 스스로를 돌보면서 담담해지는 자신을 발견하는 것이다. 지금도 치안에 대한 두려움으로부터 완전히 자유롭지 못하지만, 나는 혼자 살면서 자존감 높은 사람, 당당한 사람이 되어가고 있다.

힘들 때는 옥상 위로
(feat. 달의 위로)

하루 종일 서서 일하다 뻐근한 몸을 잠시 쉬려 소독실에 들어갔다. 갑자기 우리들의 타노스(열정이 매우 넘친다는 뜻으로 직장 상사를 이렇게 불렀다)가 바로 소독실에 나타났다.

"선생님들, 시간 남을 때 미뤘던 일 좀 하는 게 좋지 않겠어요?"

"네? 네."

짧은 대답 후 한숨 한 번 깊게 쉬어 주고…. 우리가 쉬고 있는 그 잠깐을 참지 못하시는 분이었다. 물론 일에 대한 열정은 박수. 그러나 말에게 채찍질만 가해서는 안 된다. 얼마 못가 쓰러지기 때문이다. '잠깐의 쉼'이라는 당근은 잘 주어지지 않았다. 그나마 주어진다 해도 서로 눈치가 보여 당근을 제대로 먹지도 못했지만.

앉아있을 곳이 없어 그나마 CCTV가 없는 소독실에서 쉬려고 해도 쉽게 쉴 수 없던 내 처지가 참 불쌍하고 안타까웠다. 고개를 돌릴 때마다 설치되어있던 CCTV는 나를 오그라들게 했다. 몸도, 마음도 시커먼 CCTV 안으로 빨려 들어가는 기분이었다.

출근 시각 9시. 퇴근 시각 6시 반. 왼쪽 손목에 찬 메탈시계를 바라보니 오메, 아직도 11시라니! 아직도 7시간 하고도 반이나 남았다. 집에 가고 싶었다. 나만의 공간으로 어서 돌아가고 싶었다. 모든 것들이 다 내 것인 곳. 편안한 침대로 가 뛰어들고 싶은 마음이 간절했다.

유난히 지치는 날. 잘못한 것도 없는데 직원이라는 이유로 감정 쓰레기통이 돼야 할 때, 진상고객을 만날 때, 환자가 너무 많아 지칠 대로 지쳤지만 1분도 쉴 수 없을 때. 이 모든 것들이 한꺼번에 몰려오는 날들이 있다.

이렇게 고된 날이면, 퇴근 후 집 위의 옥상으로 올라간다. 옥상 맞은편에는 화려한 오피스텔 한 채가 우뚝 서 있다. 오피스텔 안에는 왠지 화목한 가족들이 하하 호호 하고 둘러앉아 저녁을 먹을 것만 같다. 고향 울산이 부쩍 더 멀게 느껴진다. 엄마, 아빠, 동생과 함께 고봉밥을 먹으며 대화를 나누던 모습이 겹쳐진다.

오피스텔 위를 올려다보니, 하얀 달이 떴다. 북한산 위에 가만히 떠서 나를 비춰주고 있다. 매번 같은 자리에서 다른 모습으로 옥상 위에 서 있는 나를 지켜본다. 하얗고 시린 달을 가만히 바라보자니, 마음이 한결 가라앉는다. 어떤 감정으로 옥상에 올라섰는지, 달은 항상 알고 있고 여전히 나를 비춘다. 달에게 오늘 있었던 일을 털어놓는다. 그러면서 나 자신에 대한 생각도 해보게 된다.

치과위생사 고년차인 지금. '신입 때만 힘들 거야'라고 생각했던 건 나의 큰 오산이었다. 연차가 쌓일수록 더해가는 건 막중한 책임감이었고, 덜해지는 건 순수한 마음이었다. 오너에 대한 반항심은 날이 갈수록 커졌다. 내가 1년차 때의 열정을 잃어버린 건지, 오너들이 죄다 자신들만 생각하고 이기적인 건지 이제는 구별이 가질 않는다. 집에서 알바를 다닐 때만 해도, 이런저런 넋두리들을 엄마에게 곧잘 털어놓았다. 그때마다 엄마는 지혜로운 해답들을 내놓았다. 난 언제쯤 엄마처럼 현명해질까? 지혜로운 여자가 될까? 여전히 어른이 되려면 멀었다. 달을 보니, 엄마 생각이 더욱 간절하다.

이렇게 힘든 날에는 깊은 잠에 들지 못한 채 깬 적이 여러 번이다. 불현듯 어둠이 채 가시지 않은 새벽에 눈이 떠진다. 가족들과 함께 있을 때와 혼자 그 새벽을 감당하는 것은 확연히 다르다. 그 기분은 마치, 고요의 바다에서 홀로 배를 타고 둥둥 떠다니는 것과 같다. 불안감과 간밤에 꾸었던 꿈의 잔재들이 서로 뒤엉키면서 현실보다는 이상에 가까운 기분이 느껴진다.

어두운 방안, 혼자라는 생각에 두려움이 엄습해온다. 6평 원룸은 모든 게 내 가까이에 있다. 화장실과 침대는 불과 두세 걸음 거리다. 살짝 열린 화장실 문틈 사이가 왠지 오싹하다. 누군가가 지켜보는 것만 같은 상상. 시커먼 연기 같은 존재가 틈을 비집고 나와 내 위를 스악 하고 지나가는 느낌. 평소에는 생각도 나지 않던 공포영화들이 순간적으로 파노라마처럼 내 머릿속을 훑고 지나간다. 어떤 장면은 오래 머무르기도 하면서. 그 장면은 떨쳐내려 하면 할수록 거머리처럼 뇌 속에 붙어 움직이지 않는다. 이마에는 식은땀이 총총 맺힌다.

여기가 내 고향이라면, 가족과 함께라면 이런 상상들은 금세 지나가버리고는 했겠지만, 여긴 타지다. 홀로 두려움과 싸워 이겨내야 하는 곳이다. 혼자 이런 감정들을 견뎌내야 한다는 걸 깨달을 즈음엔 두려움 대신 외로움이 스멀스멀 찾아든다. 막 자취를 시작한 지인 A양이 내게 물었다.

"언니는 혼자 새벽에 자다 깨면 어떻게 해? 나는 가끔 무서울 때가 있어. 그럴 때 다른 사람들은 어떻게 하나 궁금해지더라고."

그럴 때 나는 자주 커튼을 젖힌다. 방안이 밝아지는 것이 느껴진다. 어두운 곳에서 달빛은 더욱 밝게 빛난다. 베개 위를 선명하게 비추던 달빛은 무드등이 되어준다. 그렇게 다시 평온함을 찾은 뒤에야 깊은 잠에 빠질 수 있다. 달이 있어 나는 혼자가 아님을 깨닫는다. 달은 늘 내 방 창문 위, 옥상에서 나를 지켜봐 준다. 달에는 분명한 힘이 존재한다. 오늘도 나는 '달의 위로'를 받고 희망을 얻는다. 사람이 아니라도 나를 위로해줄 만한 존재는 충분하다. 혼자라는 생각에 갇히지 않는 것도 내가 선택할 수 있는 일이다. 문득 시 한 편이 떠오른다.

보름달 보면 맘 금세 둥그러지고

그믐달과 상담하면 움푹 비워진다

달은

마음의 숫돌

모난 맘

환하고 서럽게 다스려주는

- 함민복 「달」 부분

Episode.2

혼자인 나를 잘 키우는 방법 :
나를 채워주는 것들

자유롭고 싶어서 떠났는데, 외로움을 얻었네

“가쓰나, 지금 시간이 몇 시고? 언제 들어오노?”

“지금 저녁 9시밖에 안 됐다! 내 알아서 들어갈게.”

지금으로부터 10년 전, 스무 살 청춘을 한참 즐길 나이. 엄마와 나의 대화다. 처음으로 술을 마실 수 있다는 기쁨! 주민등록증을 당당히 내밀 수 있다는 사실에 엄청난 희열을 느끼고 싶었던 그때에도 나는 통금에 시달렸다.

혼자 사는 사람들에게 혼자여서 가장 좋은 점이 뭐냐 물어보면 모두 입을 맞추기라도 한 듯 “자유롭게 살 수 있어서”라고 대답한다. 자유란 얼마나 커다란 행복을 가져다주는 걸까? 오죽하면 미국의 정치가 패트릭 헨리는 “나에게 자유를 달라. 아니면 죽음을 달라”고 했을까!

누군가와 함께 살면 삶이 제한적이다. 부모님과 함께라면 더욱이 그럴 수밖에 없다. 나 또한 어릴 적부터 보수적인 집에서 생활하다 보니 내 맘대로 자유롭게 사는 게 너무도 그리웠다. 사람을 너무도 좋아하는 나였다. 요즘 말로 거의 밖순이에 가까웠다. 그러나 부모님께서는 밖으로 나돌기만 하는 딸이 엄청나게 걱정이셨다. 사고라도 치진 않을까, 흉흉한 일을 당하지는 않을까, 노심초사하셨다.

드디어 대학교를 졸업했다. 그런데 고등학교 때와 달라진 건 아무것도 없었다. 밖에서 놀다 시간이 조금만 늦어져도 초조해졌다. 통금 또한 여전했다. 첫 직장에 들어간 후, 내 마음대로 옷도 사고, 돈도 펑펑 써보고 싶었다. 그러나 불가능에 가까운 일이었다. 새로 산 옷을 엄마는 귀신같이 알아냈다. 저축하지 않는 딸이 너무 걱정스러운 거다.

불현듯 서울로 가야겠다는 생각이 들었다. 자유! 내게 필요한 건 오직 자유였다. 울산에서 직장 잘 다니다 뚱딴지 같이 서울로 가야겠다는 딸이 얼마나 어이없으셨을까. 그 순간만큼은 패트릭 헨리가 된 기분이었다. 부모님의 만류에도 불구하고 나는 오직 자유를 위해 서울로 떠났다.

"아가씨, 서울 방값이 얼마나 비싼데 그걸 몰라? 한 달에 45만 원. 그 이하는 안 돼."

서울로 올라오자마자 마주한 건 3평짜리 고시텔 사장님이었다. 사회초년생에게 500만 원 보증금은커녕 1,000원 한 장도 귀한 시절이었지만, 무엇보다 자유를 얻었으므로! 그래, 인생 뭐 별 거 있나? 라며 센 척 아닌 센 척을 했다. 그렇게 3평짜리 방에서 내 자유는 시작되었다.

새벽 3시까지 TV를 봤다. 밤새 핸드폰을 만지작거렸다. 신나는 퇴근길, 편의점에 들러 먹고 싶은 걸 잔뜩 샀다. 퇴근 후에는 거의 매일같이 동대문으로 향했다. 마음껏 쇼핑을 했다. 매주 주말에는 '밤과 음악 사이'와 같은 곳에서 아침 7시까지 춤을 췄다. 구두를 신고 미친 듯 머리를 흔들어댔다. 아무도 뭐라 하는 사람이 없었다. 오호라, 이것이 천국이로구나! 하지만 그 천국이란 '외로움'이란 지옥으로 가기 전, 잠깐 들른 곳에 불과했다.

자유로움을 만끽하고 좋았던 건 고작 한 달 반 남짓. 매일 새벽 끓여먹는 라면도 질렸다. 리모컨을 아무리 돌려봐도 지루하기만 했다. 매주 주말마다 춤추던 것도 이내 지겨워졌다. 생각 없이 산 싸구려 옷들은 쌓여만 갔다. 쇼핑은 더 이상 내 행복을 채워주지 못했다. 내 방에 마구 들어와 날 귀찮게 하던 동생이 그리웠다. 엄마의 폭풍 잔소리가 갑자기 그리웠고, 소리 없이 눈물이 났다. 나 왜 여기 있는 거지?

첫 직장은 종로5가에 자리 잡고 있었다. 처음에 서울로 왔을 때는 같이 상경한 친구가 한 명도 없었다. 살도 빼고 외로움도 달랠 겸 매일 밤 청계천을 걸었다. 우뚝하니 솟은 건물들이 '와, 여기가 서울이구나' 하고 실감케 했다. 그것도 잠시, 하늘 높은 곳까지 닿을 것 같은 건물들 속에서 148cm인 나는 더 작아진 기분이었다.

건물의 높이만큼 내 마음의 장벽도 높아져가는 기분이었다. 청계천은 특히나 커플들의 성지였다. 겨울이 채 가시지 않은 초봄, 찬바람이 옆구리를 관통해 갈비뼈 안 심장까지 시리게 만들었다.

마음이 허전할 때 엄마에게 전화 한 통을 하거나 친구에게 털어놓고 나면 나아지는 것 같다. 그러나 습관적으로 누군가에게 의지할 경우, 헛헛함은 더해져만 간다. 계속해서 의지할 무언가를 찾기 때문이다. 나 또한 동네친구가 간절했던 적이 있다. 간절함을 조금이나마 해소하기 위해 어플을 이용하여 동네여자들끼리 만남을 가졌다. 어색하게 만났지만 일단 '술'이라는 매개체는 들어가기만 하면 어색함을 없애준다. 아니, 어색함을 넘어 사람에서 짐승으로 진화하는 모습마저 들키게 하는 게 바로 술이다. 첫 모임임에도 신나게 놀았다. 다음에 또 만날 것을 활짝 웃으며 약속했다. 우리는 그러고 다시 만났을까? 모임은 사라졌다. 마치 처음부터 존재하지 않았던 것처럼.

왜 이 모임에 나오게 됐는지 각자 말하는 시간을 가졌다. 답은 한결같이 "외로워서요. 동네친구를 만들고 싶었어요"라고 했다. 우리의 마음은 다 같았다. 인간은 결국 누구나 외로움을 겪는다. 그리고 똑같이 외로움을 겪는 모습을 보면서 나만 이런 게 아니구나 하며 안도한다. 만나기로 한 그날은 모임에 나온 모두가 약속이 없는 날이었다. 더군다나 주말에 약속이 없으면 외로움이 더 크게 느껴지기 마련이다. 주말에 외롭게 뒹굴 내가 걱정이 돼서, 부랴부랴

약속을 잡아 모두가 만난 것이다. 어색함을 참아가며. 잠깐의 외로움은 해소되었다. 그러나 진짜 마음을 통한 사이가 아니라 그랬을까? 더 이상 다시 만날 이유를 찾지 못했다.

상경한 지 얼마 되지 않아 곧장 버스를 타고 고향으로 향했다. 엄마에게 "자유롭고 싶어서 떠났는데 사실은 많이 외로웠다"며 털어놓았다. 엄마는 인간은 당연히 외로운 거라고 했다. 옆에 누군가가 있어도 외로운 거는 너뿐만 아니라 모든 사람이 다 그렇다고. 그 말을 듣고 나니, 마음이 한결 가벼워졌다. '내가 문제가 있는 게 아니구나'라는 생각이 동시에 들면서 마음이 편안해졌다. 그 후 서울에 올라와서도 타인에게, 누군가에게 의지하기보다 나 스스로 나를 행복하게 하는 방법들을 계속 찾기 시작했다.

아리스토텔레스는 '사람들과 어울려 살 수 없거나, 혼자로도 부족한 게 없어 굳이 사람들과 어울려 살 필요가 없는 이는 짐승 아니면 신이다'라고 말했다. 우리는 신도 짐승도 아닌 인간이다. 누구나 외롭다. 대신 자취생들에게는 자유라는 아주 큰 선물이 있다. 거기다 소중한 사람을 더욱 소중한 감정으로 바라볼 수 있게 도와준다. 특히 가족들의 존재에 대하여.

외로움에 북받쳐 울컥할 때가 여러 번이다. 그럴 때 나는 참지 않고 울어버린다. 울다 보면 금세 평온해진다. 외로움이란 찾아왔다가 또다시 떠나는 것. 있기도 하고 없기도 한 것이지 결코 문제는 아니다. 오늘은 나에게 서영은의 「혼자가 아닌 나」를 불러주고 싶다.

힘이 들 땐 하늘을 봐
나는 항상 혼자가 아니야
비가와도 모진 바람 불어도 다시 햇살은 비추니까
눈물 나게 아픈 날엔 크게 한 번 소리를 질러봐
내게 오려던 연약한 슬픔이 또 달아날 수 있게

누군가에게 의지하고 싶을 때

"스님, 저는 타지생활을 하는 중인데 혼자 있다 보니 너무 외로워요. 그래서인지 남자친구한테 자꾸 집착을 하게 되고 의존적이게 됩니다. 처음에는 남자친구가 잘해주는데 점점 의존하는 제게 질려서 떨어져 나가요. 항상 저는 상처를 받고요. 스님은 외로운 적이 없으세요?"

"나는 안 외로우니까 이래 살지 않겠나?(웃음) 남자는 그런 여자를 만나면 답답함을 느낀다네. 껌딱지, 또는 엿가락과 같이 끈적끈적하게 늘 달라붙어 있으려고만 하면 부담스럽지. 왜 조선시대 여자처럼 종일 내내 붙어있으려고만 하나?"

법륜스님과 강연 참석자와의 대화 내용이다. 타지생활을 하게 되면 혼자라는 사실이 크게 와 닿는다. 거기서 비롯된 외로운 감정은 마음을 이리저리 불안하게 흔든다. 스님 또한 그것이 당연한 현상이라 말씀하셨다. 가족들과 함께 있는 동안은 여러 사람의 에너지가 공존한다. 그러나 혼자 살게 되면 함께 했던 에너지는 사라지고 오롯이 내 에너지만 남는다. 여러 사람들이 함께 가득 채우던 에너지가 없어지니, 공허할 수밖에. 일단 가족들은 멀리 있다. 타지에서 가족을 대체할 누군가를 찾게 되는 건 당연한 현상이다. 그 대상은 직장동료 또는 남자친구일 수도 있으며, 가까이 사는 친구가 될 수도 있다.

가구 디자인 회사를 다니는 친구 K양은 새로 들어온 후배 때문에 스트레스가 이만저만이 아니다. 후배는 퇴근시간마다 친구 K에게 같이 있어달라며 매달린다. 주말에도 연락이 와서 자기랑 어디 가지 않겠느냐며 연락을 해오는 탓에 친구는 큰 부담을 느낀다. 후배 또한 타지생활을 하는 1인 가구 중 한 명이다. 그 마음을 아예 모르는 것은 아니지만, 자신에게 너무 의존적이기만 한 후배가 친구에게는 무척 부담으로 다가온다. 처음 자취를 하게 되면, 헛헛함을 견디지 못해 누군가에게 의지하고 싶어진다. '혼자'라는 사실이 철저하게 다가오기 때문이다.

특히 아플 때면 의지하고픈 마음이 더욱 심해진다. 따뜻한 남쪽에서만 살다 온 나는 북극을 방불케 하는 서울의 겨울에 적잖이 놀랐다. 팔 수술로 입원한 것 말고는 입원 한 번 해본 적 없는 내가 급성 편도염으로 입원하게 됐다. 편도염은 목이 미친 듯 부어오르고, 침 삼키는 것 자체가 고통이었다. 열이 너무 심하게 나서 다음날 출근은 당연히 하지 못했고, 응급실에 가자마자 입원을 하게 됐다. 두개골이 흔들리고 속은 울렁거렸다. 눈물이 났다. 가족들이 너무 보고 싶었다. 병원 안은 보호자와 함께 온 환자들로 북적였다. 홀로 입원수속을 하고, 병원 침대에 누운 내 신세가 처량하기만 했다. 병원 밥은 또 왜 이렇게 맛이 없는 건지.

아플 때 말고 가장 마음이 약해질 때는 일터에서 고된 하루를 보냈을 때다. 그럴 때는 직장에서 억누르고 있던 감정을 누군가에게 다 털어놓고만 싶다. 이야기를 다 하고 나면 속은 시원해지지만, 한편으로는 친구 또는 가족에게 부정적인 영향을 준 것만 같아 마음이 편치는 않다. 이렇게 힘이 들 때나 몸이 좋지 않을 때 우리는 누군가에게 의지하고 싶어 한다. 사람이 남자와 여자로 구성된 것도 다 이유가 있지 않을까. 사람은 혼자서는 존재할 수 없고, 함께 살기 위해 태어난 존재이기 때문이다.

문제는 누군가에게 의지하고자 하는 마음이 너무 커졌을 때다. 가구 디자이너 K양 이야기처럼 우리가 누군가에게 부담스러운 존재가 될 수도 있다. 스님에게 질문했던 강연 참석자처럼 너무 의존했다가 결국 상처받는 건 나 자신이다.

의지하려는 마음을 어떻게 균형감 있게 관리하는가에 따라 나의 마음 건강이 달라진다고 생각한다. 적당한 의지는 서로 간의 신의를 두텁게 만들 수 있다. 내 마음속 이야기를 진심으로 털어놓으면 상대방 또한 자신의 이야기를 털어놓게 된다. 그러면서 두터운

관계를 차곡차곡 쌓아나갈 수 있다. 삶의 모든 것이 그렇듯 지나치지만 않으면 된다. 단지 그게 어려울 뿐. 모든 것에는 노력이 따르는 법이니까. 그리고 노력에는 반드시 보상 또한 따른다. 타인에게 너무 의존적인 나라면 초점을 나에게로 맞춰보는 건 어떨까. 나에게 초점을 맞춘다는 건 내가 좋아하는 것이 뭔지, 내가 원하는 삶이 뭔지, 무얼 했을 때 내가 가장 행복한지에 대해 진지하게 생각해보는 것을 말한다.

법륜스님은 또 이렇게 말씀하셨다.

"외로우면 심리가 불안해져요. 사람이란 게. 친구를 만나고 남자친구를 만나서, 자꾸 어디 가서 사람을 만나서 그 문제를 해결하려 하지 말고, 그럴 때는 가만히 명상을 해서 가라앉혀야 합니다. 처음에는 혼자 있는 그 시간이 외로워 미칠 것 같습니다. 그래도 올라오는 감정을 가만히 지켜보고 인정해야 됩니다. 그 경험을 자꾸 자꾸 하다 보면 감정이 차분해지면서 괜찮아져요. 아직 당신은 그 경험을 해보지 못한 겁니다."

나는 매일 밤 전화기와 한 몸이었다. 이 친구, 저 친구 돌아가며 전화를 했고, 한 번 시작된 전화는 밤 열두 시를 훌쩍 넘기기 일쑤였다. 그러다보니 친구도 지치고 나도 지쳤다. 반신반의의 마음으로 스님 말씀에 따라 명상을 시작했다. 처음에는 집중도 되지 않고 잡생각이 계속 피어올랐다. 그럼에도 계속했다. 매일 매일 10분이라도 실천했다. 롤러코스터와 같던 내 감정은 점점 회전목마처럼 변했다. 차분한 듯, 유유히 잘 굴러가는 회전목마처럼.

명상에 대해서는 다음 꼭지에서 더 얘기하겠지만 명상 말고도 나에게 의지할 수 있는 방법은 얼마든지 있다. 자신만의 방법을 만들면 된다. 나는 춤을 추면 스트레스가 확 날아간다. 다이소에서 산 5천 원짜리 알전구를 벽에 달아놓고서, 클럽 노래를 틀고 춤을 추다 보면 우울함은 이내 자취를 감춘다. 예전 직장 동료인 M양은 화장을 최대한 진하게 하고 셀카를 찍는다고 했다. 각자만의 방법으로 혼자 있는 시간을 즐기면 되는 것이다.

자취는 자연스레 나에게 의지하는 시간이다. 남에게만 기대 살던 내가 바로 설 수 있었던 건 혼자만의 시간을 잘 보내서였다. 더 이상 외부나 남이 아닌 내 자신에게 의지해보는 것. 그것이야말로 나와 나 사이, 나와 타인 사이의 관계를 굳건히 해주는 것이었다.

누군가에게 기대고 싶은 마음을 반반으로 나누어보는 건 어떨까. 나에게도 50%, 남에게도 50%. 산다는 건 균형을 잡는 일이다. 나에게, 타인에게 의지하고픈 마음의 균형만 잘 지켜도 혼자 살아가는 삶은 더없이 행복할 수 있다. 나 자신, 그리고 내 주변사람들 모두에게 시너지가 되어주면서.

나를 치유해 준 그것,
명상

삼재라는 게 진짜 있는 걸까? 2017년은 내 생에 가장 힘들었던 한 해였다. 직장도 사람도 모든 것이 나를 힘들게 했던 그때. 건강까지 악화됐다. 주변 사람들은 하나같이 내가 예민해졌다고 했다. 그야말로 뾰족하게 날이 선 인간이었다. 걸어 다니는 선인장이었다. 아무리 숨기려도 해도, 숨길 수가 없었다. 쌓이고 쌓인 어두운 경험들이 그대로 분출되어 주변사람에게 상처를 주었다.

초점 없는 희미한 눈으로 스마트 폰을 들여다보던 어느 날. 유튜브를 보던 중, 동영상 하나가 눈에 들어왔다. '모든 것이 잘 된다'라는 제목의 명상이었다. 그 후 이불 속에서 며칠을 울던 밤, 별 기대 없이 동영상을 틀었다. 그렇게 나의 명상은 시작되었다.

디지털시대의 거인 빌 게이츠는 명상을 시작하기 전까지 "예전에 나는 명상이 환생과 관련된 미신이라 생각했다"고 말했다. 나 또한 마찬가지였다. 명상에 관심을 두지 않았던 이유였다.

『사피엔스』의 저자이자 베스트셀러의 거장 유발 하라리는 명상을 생활화하고 있다고 해도 과언이 아니다. 그가 수많은 베스트셀러를 낼 수 있었던 것 또한 명상 덕분이라고 이야기한다. 명상이 과연 무엇이기에 알만한 명사들은 이것을 행하는 걸까? 그게 궁금해진 나는 명상에 관심을 갖기 시작했다.

심리학 용어사전에 따르면 '마음의 고통에서 벗어나 아무런 왜곡 없는 순수한 마음상태로 돌아가는 것을 초월(transcendence)이라 하며, 이를 실천하려는 것이 명상(meditation)'이라 한다.

우리는 거의 온종일 직장에서 있거나 학교에서도 항상 누군가와 함께 있게 된다. 혼자 있으면 내 머릿속 방송 캐스터가 쉴 새 없이 떠들어댄다. 잡생각이라는 이름의 캐스터이다. '후배는 왜 내게 그런 행동을 했을까?' '진짜 짜증나는 하루였어.' '내 인생 왜 이래?'와 같은 생각들이 반복적으로 떠올랐다. 그런데 그 생각에 집중하고 생각을 또렷하게 바라보자 캐스터는 이내 잠잠해졌다. 그리고 아무 소리도 하지 않았다. 같은 행동을 반복하니 고요함만이 머릿속을 가득 채웠다.

고단한 하루를 마치고 돌아오면, 하루 내 쌓였던 피로는 밖으로 내보내고, 좋은 에너지를 다시 받아들일 혼자만의 시간과 공간이 필요하다. 그런 점에서 나만의 공간, 즉 나의 자취방은 명상을 할 수 있는 최고의 공간이 되어주었다. 고요하게, 그 어떤 것에도 방해 받지 않고 내 감정에 집중할 수 있기 때문이다. 지금은 하루도 빠짐없이 아침마다 명상을 한다. 5분에서 10분이면 족하다. 명상은 하루를 훨씬 더 낙관적으로 바라보게 만든다.

내가 명상에 빠지기 시작한 지는 1년이 채 되지 않았다. 하지만 1년 전과 지금의 나는 확연한 차이가 난다. 가장 중요한 변화는 25살 때 찾아온 부정맥이라는 병을 지금은 내 몸에서 찾을 수 없다는 것이다. 그렇다. 마음과 몸은 연결되어 있었다. 마음이 건강해지니, 몸 또한 자연스레 같아진 것이다. 『명상이 쉬워요』의 저자 에클라비아는 '명상으로 얻을 수 있는 가장 작은 것이 건강'이라 한다. 돈을 잃으면 크게 잃는다 하고, 건강을 잃으면 모든 것을 다 잃는다 하는데, 명상의 힘은 참으로 위대하다.

내가 혼자 사는 삶을 선택한 것은 정말이지 현명한 선택이었다는 생각이 든다. 혼자 살지 않았더라면 이런 명상의 묘미도, 또한 명상을 하더라도 제대로 즐기지는 못했을 테니까. 이제는 내 일상의 한 부분이 되었다. 하루를 시작하고, 하루를 마무리하는 습관 중 하나가 되어버린 것이다. 명상은 때로는 삶의 문제에 대한 해답을 주기도 한다. 외롭다는 생각을 잠재워 주고 평안을 찾게 해준다. 무기력하게만 느껴졌던 삶이 실은 감사와 평화로 가득 찬 삶이었다는 것을 알게 해준다.

아침 5분 명상이 내 삶을 바꾸어 놓았다. 이제는 명상 없이 하루를 시작하는 것은 상상할 수조차 없다. 지금은? 매일 매일이 편안하고 감사하다. 주변 사람들 또한 '관상'이 변했다고 말할 정도니까.

새벽 5시 30분. 아침에 일어나 가만히 침대에 앉는다. 하고 싶은 명상은 그날그날 다르다. 음악만 틀고 그저 생각을 비워낼 때도 있고, 좋은 말들을 계속 반복해서 들을 때도 있다. 시간이 없을 땐 아침 5분 명상이라는 키워드를 검색해 가이드를 따라 하기만 하면 된다. 가장 좋아하는 일은 인센스 스틱을 켜고, 인도 음악을 틀어놓는 것이다. 마치 갠지스 강에 온 듯 기분이 생생하다. 매일같이 인도 여행을 하는 기분이다.

숨 가쁘게 달려온 나를 위한 진정한 쉼을 갖는다는 것. 명상은 내게 진정한 쉼이 되어주었다. 일단 호흡부터 가다듬고. 천천히 아주 천천히 크게 들이마시고 내쉬어보자. 아침에는 내 에너지의 부스터가 되어주고, 탈탈 털려 돌아온 저녁엔 위로가 되어주는 명상. 자취방은 고요함의 세계로, 평온함의 세계로 가는 가장 좋은 곳임이 틀림없다.

책을 안 읽던 내가
1년에 100권

늦은 시간에 커피를 마셨더니 잠이 오질 않았다. 눈만 감고 있을 뿐 머리는 말똥말똥하다. 수초마다 들여다보는 스마트폰도 지겨워진 지 오래였다. 불현듯 침대 서랍 속에 처박혀 있던 『나미야 잡화점의 기적』이 떠올랐다. 꽤 두꺼워 읽는 데만 몇 주가 걸린 이 소설책을 떠올리고는 서랍을 열어 책을 꺼냈다. 기분 좋은 종이 냄새가 났다. 오랜만에 읽는 활자에서 왠지 모를 설렘이 느껴졌다. 한 장, 두 장 책장을 넘겼다. 그리고는 곧바로 깊은 잠에 빠졌다. 꿀잠이었다. 그렇다. 내게 책은 수면제 그 이상이었다. 카페인도 이겨낼 만큼 강력한 수면제. 이것은 독서에 빠지기 전의 내 모습이었다.

어릴 적엔 책을 무척이나 좋아했다. 그러나 고등학교에 들어가면서부터 독서할 시간이 점점 줄어들었다. 밤 10시까지 야간자율학습을 마치고 집에 돌아오면 밤 11시. 씻고 자고 일어나서 등교하는 게 전부였다. 대학교에 들어가서는 전공서적 볼 시간도 부족했다. 방학 때는 아르바이트에 치과 실습까지…. '책 좀 읽어볼까?' 해도 도무지 집중이 안 됐다. 나는 책을 읽어야 한다는 의무감에만 사로잡혀 있었다. 가족이나 누군가와 함께 있다 보면 오롯이 독서에 집중할 수 없었다. 책 좀 읽을라치면 동생이 방문을 열고 들어왔다. 동생이 나간 뒤에는 엄마가 내 방을 방문했다. 상황이 이렇다보니 집에서는 모두가 잠든 늦은 밤에만 겨우 독서를 했다.

자취를 하고 난 후 한동안은 침대 위에 누워 하루 종일 폰만 봤다. 스마트폰을 하루 내내 붙잡고 있을수록 더 무기력해져만 갔다. 스마트폰 말고 나를 달래줄 무언가가 절실했다. 그래서 읽게 된 책이 『나미야 잡화점의 기적』이었다. 처음에는 독서에 적응이 되지 않았다. 분명 독서는 좋은 거란 걸 알고 있는데도 왜 이렇게 집중이 안 되는 건지…. 사실 안 되는 게 당연한 일이었다. 그동안 나의 뇌는 스마트폰에 너무나도 익숙해져 있었다.

2015년 마이크로소프트는 2000년과 2013년 사이에 인간의 평균적인 주의집중 시간이 감소했다는 발표를 전했다. 하버드의과대 존 레이티 정신과 박사는 "주의력 결핍장애를 앓는 사람들의 증상이 스마트폰을 가진 사람들의 증상과 놀랍도록 유사하다"고까지 했다. (2018.9.13. 「리서치페이퍼」 기사 중)

나도 모르게 병들었던 뇌는 독서에 도무지 집중하지 못했다. 심각하다 싶었다. 내가 폰 중독자인 줄은 알았지만, 책을 읽어보니 심각함이 배로 느껴졌다. 읽고 또 읽어도 바로 전 내용이 기억이 나지 않는 것이다. 어릴 적 『해리포터』를 읽고 울고 웃던 소녀는 어른이 되면서부터 책에 흥미를 잃게 되었다. 나를 다시 독서로 이끌어들인 것은 혼자 살게 되면서부터였다. 핸드폰으로는 해결되지 않던 외로움과 무력감이, 책을 들고나서부터 사라졌다.

처음 몇 권은 글자 읽기가 정말 힘들었다. 하지만 인간은 적응에 강한 존재가 아닌가. 일단 무엇을 위해서 읽는다는 목적의식을 버렸다. 독서를 의무감이 아닌 놀이로 생각하기로 했다. 좋아하는 책부터 읽었다. 목적의식을 버리니, 어릴 때와 같이 재미있게 읽혔다. 처음에는 판타지소설을 닥치는 대로 읽었다. 글이 눈에 쉽게 들어오기 시작했다. 점차 범위를 넓혀나갔다. 판타지소설에서 스릴러, 가벼운 에세이부터 자기계발서까지. 시간 나는 대로 책을 읽다 보니 어느새 진짜로 독서를 즐기게 됐다.

재즈음악을 틀어놓고 커피와 함께 독서를 하다보면 세상 그 무엇도 부러울 게 없었다. 창문으로 들어온 햇살 한 줄기가 책을 비출 때면, 그 모습이 너무 예뻐 사진으로 남긴 적도 있다. 여름에는 에어컨 아래 누워 이 책 저 책 집어 들고 뒹굴거렸다. 진정한 북캉스였다. 겨울 또한 마찬가지였다. 따뜻한 온돌바닥에 배를 깔고 누워 책을 읽었다. 난방 때문인지는 몰라도 책에서 풍기는 종이 냄새가 그윽했다. 그러다 스르륵 잠이 들었다. 꿈에서는 소설 속 주인공들이 나와 말을 걸기도 했다. 꿈에서 깨면 알 수 없는 행복감에 젖어 있었다.

그렇게 시작한 독서가 어느덧 1년에 100권이 되었다. 외로움과 무력감을 극복하기 위해 시작한 독서는 내게 많은 것을 가져다주었다. 조선 중기의 문인 허균은 '1만 권의 책이 있는 곳이 낙원이다'라고 했다. 이제는 그 말이 조금씩 이해가 가기 시작했다.

『쾌락독서』의 저자인 문유석 판사는 '책을 읽는다는 것은 커피 두 잔 값으로 타인의 삶 중에서 가장 빛나는 조각들을 엿보는 것이다'라고 했다. 책은 한 사람을 종이에 새겨놓은 것과 같다. 굳이 만나지 않아도, 실제로 보는 것보다 그 사람을 더 잘 알 수 있게 해준다. 책을 읽는 동안 외로움이란 감정은 절대 나를 갉아먹을 수 없다. 그 사람의 이야기와 내 삶을 공감하고 비교해보는 동안 내가 혼자라는 생각은 결코 할 수가 없기 때문이다.

책에는 마법이 깃들어 있다. 어떤 상황에서 고민하고 어려워할 때 나는 항상 책을 폈다. 우연치 않게 펼친 책에는 그때마다 해답이 적혀 있었다. 언젠가 한 지인이 이런 이야기를 했다.

"책이 나에게로 오는 기분이 들어요. 내가 책을 선택한 게 아니라, 책이 나를 선택한 거예요."

나는 그 말에 크게 고개를 끄덕였다. 책은 기적이 새겨진 보물지도와도 같다. 그리고 기적처럼 내 삶에 많은 책들이 와주었다. 책은 친구가 되어주고 해결사가 되어주고 성장할 기회를 주었다. 온전히 나로 서기 위한 방법을 가장 많이 제시해 준 친구가 바로 책이다.

누군가에게 100권의 책은 아주 미미한 숫자일지도 모른다. 그러나 100권, 아니 한 권의 책이 나의 삶을 변화시킨다. 활자에도 에너지가 있어서 독서를 하면 할수록 건강한 뇌와 마음이 만들어진다. 나는 책으로 나의 좁은 방을 채우고 있다. 책으로 채워지니 나의 공간도 바뀌었다. 좋은 공간 속에서 나 역시 좋은 에너지로 가득 차는 느낌을 받는다. 때때로 다 읽은 책을 지인들에게 나눠주기도 하고, 중고서점에 판매하기도 한다. 거기서 생기는 수입으로 나는 다시 새 책을 산다.

나는 서서히 내 방을 채운 책들 속에서 성장하고 있다.

난중일기 대신
자취 중 일기

여러 장수들을 불러 거듭 약속하고 닻을 올려 바다로 나가니 133척이 우리의 배를 에워쌌다. 지휘선이 홀로 적선 속으로 들어가 포탄과 화살을 비바람같이 쏘아댔지만 여러 배들은 바라만 보고서 진군하지 않아 일을 장차 헤아릴 수 없었다. 배 위에 있는 군사들이 서로 돌아보며 놀란 얼굴빛이 질려 있었다. 나는 부드럽게 타이르면서 "적이 비록 천척이라도 감히 우리 배에는 곧바로 덤벼들지 못할 것이니, 조금도 동요하지 말고 힘을 다해 적을 쏘아라"라고 말했다.

- 이순신 『난중일기』

영화로도 제작되어 다시 한 번 이순신 장군에 대한 경외심이 높아질 수밖에 없던 명량대첩 중, 장군이 쓴 일기 내용이다. 그는 초급장교 시절부터 일기를 썼고, 임진왜란을 겪는 7년 동안은 더욱 세세히 기록했다. 그가 23전 23승이라는 놀라운 기록을 세울 수 있었던 이유는 무엇일까? 깜깜하기만 한 전시 상황에서 늘 그의 마음을 굳건히 부여잡을 수 있었던 이유 또한 무엇이었을까?

이순신 장군은 전시 상황뿐만 아니라 어머니와 아들을 잃은 슬픈 상황에서도 일기를 썼다. 그가 그토록 힘든 순간에도 정신을 놓지 않고 버틸 수 있었던 건 일기였다. 이순신은 혼자 있는 시간을 이용하여 자신의 감정이나 고민을 솔직하게 글로 풀어냈다. 많은 사람들은 『난중일기』가 불멸의 영웅 이순신이라는 호를 얻을 수 있게 만들었다고 말하고 있다.

우리가 살아가는 이 시대도 전시 상황과 다를 바가 없다. 입시 전쟁, 취업 전쟁, 직장 속 전쟁, 사랑과 전쟁(?) 등 수많은 전시 상황에 처해 있다. 긴장의 끈을 놓을 수 없는 현실 속에서 우리는 정신을 굳건히 할 무언가가 반드시 필요하다. 그것은 바로 끊임없이 나를 성찰하고 나아가는 힘을 주는 일기이다.

내 자취방 서랍 속에는 일기장 여러 권이 자리를 차지하고 있다. 이보다 더 많은 일기장은 울산 본가에 보관 중이다. 하루를 마무리하고 잠들기 전 책상에 앉아 숱한 날들을 기록했다. 지금은 '난중일기'가 아닌 '자취 중 일기'를 매일 기록하고 있다.

누군가와 함께 살게 되면 대부분 나의 감정을 그 사람에게 풀게 된다. 직장인 M씨는 여동생과 함께 자취 중이다. 하루 종일 문제가 끊이지 않는 날이 있다. 그때 폭탄을 옆에 둔 건 M씨의 여동생이다. 언제 짜증을 폭풍처럼 쏟아낼지 모르는 언니가 옆에 있는 여동생은 슬며시 현관문을 열고 남자친구에게로 향한다. 여동생의 남자친구는 또 다른 감정의 희생양이 된다.

우리는 매일을 살아가지만 하루하루가 다른 날들이다. 기분이 별로인 날에는 좋지 않은 감정을 품게 된다. 이 감정을 어딘가에 풀지 못하면 가까운 가족과 친구는 고스란히 그 감정을 떠안게 된다. 마음껏 내 감정을 풀어놓아도 기꺼이 받아주는 대상이 있다. 바로 일기장이다. 속상했던 순간부터 기뻤던 순간까지 일기에 기록하다 보면, 속상한 감정은 어느새 누그러지고 기쁨은 두 배가 된다.

내 옆에 놓여 있는 분홍색 일기장을 펼친다.

시원한 곳에서 편안하고 즐겁게 일할 수 있다는 사실에 감사합니다.

2018년 7월 19일에 쓴 일기다. 치과는 여름에는 에어컨이 빵빵하다 못해 춥고 겨울에는 히터로 볼이 달아오를 정도로 덥다. 그런데 그날 간판공사를 하느라 치과 창밖에 매달려 땀을 뻘뻘 흘리는 분이 계셨다. 35도에 가까운 살인더위 속, 그분은 흐르는 땀을 주체하지 못했지만 얼굴은 웃고 계셨다. 나는 얼른 시원한 물 한 컵을 가득 따라 창문 밖으로 건넸다. 엄청나게 고마워하시는 거다. 아, 나는 참 많은 것에 감사할 줄 몰랐구나. 없는 것에만 집중하고 살았구나. 일하기 싫다는 생각만 하고 있었구나 하는 사실에 나를 돌아보게 됐다. 그리고 나서 쓴 일기다. 이렇게 소소한 감사를 한 줄이라도 적다보면 작게나마 변화하는 마음상태를 느낄 수 있다.

일기는 살아가는 힘을 더해줄 뿐 아니라, 나를 반성하게 하고 더 나은 삶을 살게 하는 최고의 도구 중 하나다. 거기다 감사의 에너지까지 더해지게 되면 종이 속 한 문장은 더할 나위 없이 훌륭한 명언이 된다. 『인생을 바꿔주는 존스 할아버지의 낡은 여행 가방』 중에서 존스 할아버지는 말한다.

"좌절의 씨앗은 감사하는 마음에 절대 뿌리를 내릴 수 없다."

매일 매일 꽉 찬 일기를 쓰지 않아도 된다. 그냥 내 마음을 기록하면 된다. 종이가 아깝다, 피곤하다와 같은 이런저런 이유로 쓰지 않기 시작하는 순간 그게 매일이 된다. 감정의 응어리는 또 다시 쌓일 것이다. 일단 한 줄이라도 쓰는 게 중요하다. 일이 잘 풀리지 않는 날은 세세히 기록해본다. 답답함의 응어리가 조금이나마 풀린다. 그리고 마지막에는 '괜찮아. 무조건 잘 될 거니까'라고 마무리를 짓는다. 그렇게 마무리를 하고 잠자리에 누우면 진짜 모든 게 잘 될 것만 같은 기분에 사로잡힌다.

요즘 힐링의 대세로 떠오르고 있는 것들 중 하나가 바로 '다꾸'다. '다이어리 꾸미기'를 줄임말로 표현한 것이다. 다꾸의 세대라 해도 과언이 아니다. 문구점에는 각양각색의 다이어리로 넘쳐난다. 다이어리를 꾸미기 위한 알록달록 스티커들도 정말 많다. 인스타그

램과 같은 SNS에는 자기만의 개성으로 꾸민 다이어리를 사진으로 찍어 올린다. 초등학교 시절과 비교하자면 그때는 숙제로 쓰는 일기였으나, 지금은 좋아서 쓰는 일기로 바뀌었다.

빠르게 변화하고 있는 나날 속에서 우리의 감정은 더욱 복잡해졌다. 이 감정을 누군가에게 쏟아낸다는 것은 소모적이다. 일기라는 한없이 넓은 세계 속에 내 감정을 담아낼 수 있다는 건, 정말 감사할 일이다. 일기 쓰기는 나를 사랑하는 습관 중 하나임에 틀림이 없다. 나 자신에 대해 쓰는 것이기 때문이다. 내게 관심을 갖고 내 감정을 관찰하는 것. 힘들면 힘들다 기록하고, 행복하면 행복하다고 기록해보는 것. 아주 작게나마 감사한 일을 찾아서 기록해보는 것. 그것만으로 나에 대한 사랑은 충분하다. 하루 종일 일하느라, 공부하느라 지쳤을 나에게 일기는 마음처방전과 같다. 나에게 쓰는 솔직한 글 한 줄이 아침에 먹는 김밥 한 줄보다 훨씬 큰 에너지를 선사하기 때문이다.

오늘도 나는 나무잔향이 가득한 연필을 든다. 사각사각하는 소리에 귀가 먼저 행복해진다. '오늘도 잘 해냈고, 행복한 하루를 살았구나'라는 생각에 이 저녁이 감사하다.

자취방 무드등 아래에서 맥주 한 캔을

"꼬로로로로록.. 벌컥 벌컥. 바사삭! 크~"

제일 좋아하는 목요일 밤. 퇴근 후 마시는 맥주 한 캔의 위로는 이루 말할 수 없다. '혼술'의 진정한 매력을 혼자 살게 되면서 제대로 느끼기 시작했다. 가장 좋아하는 맥주 안주로는 매운 새우깡, 그리고 꼬북칩이다.

예전에는 '혼술'이라는 단어를 들으면 이상하게 외로웠다. 하지만 자취생활 8년을 향해 달려가는 지금, 혼술은 내게 소소하지만 확실한 행복 '소확행'이 되었다. 혼술 말고도 혼자인 나를 행복하게 채워주는 것들은 아주 많다.

작은 냉장고 안 항상 자리를 지키는 맥주 캔들 중 하나를 고른다. 백열등 스위치를 끄고, 주홍빛깔 무드등을 탁 하고 켠다. 방 안은 노란 따스함으로 가득하다. 캔 고리에 엄지손가락을 걸어 당겨본다. 취이이이, 하는 소리와 함께 얼른 목 안으로 맥주를 가득히 채우고 싶어 안달이 난다. 목은 절로 알싸해지고 마음은 뻥 하고 뚫린 기분이다. 온전히 나만의 시간임을 확인하고 다시 한 번 행복감에 취한다. 좋아하는 힙합음악을 틀어놓고서 살짝궁 몸도 흔든다. 나를 즐기기 위한 시간이다. 맥주에 취하는 것인지, 가사에 취하는 것인지는 알 수 없지만, 중요한 것은 내 공간에서 맥주와 내 기분에 흠뻑 취해보는 것이다. 부산대 심리학과 설선혜 교수는 이렇게 말했다.

> 사람들은 행복의 빈도가 잦을 때 더 행복하다고 느낀다. 작아도 확실한 행복을 원하는 소확행 트렌드와 무관치 않다.

이 말은 '행복은 크기보다는 횟수와 비례한다'는 말과 일맥상통한다. 아무리 커다란 행복이라도 시간이 지나면 무뎌진다. 행복을 일상 속에서 자주 느끼는 사람들이 더 행복하다는 결과도 있다. 소확행 트렌드가 계속해서 유행처럼 번지는 이유도 이 때문이 아닐까. 일단 혼자 살게 되면 아무 눈치 보지 않고 나만을 위한 소확행을 누릴 수 있다.

전에는 혼자 산다는 것 자체가 불행하다는 생각을 했다. 상경한 후 같이 일하는 직장 동료들과 나를 비교했다. 서울이 본가인 동료들이 마냥 부러웠다. 엄마가 지어주는 따뜻한 밥을 먹으며 출근하고, 집에 돌아가면 맞이해 줄 가족들이 있다는 것은 부러움 그 자체였다. 선택은 나 자신이 했음에도 불구하고, 타인과 비교하면서 스스로를 불행한 감정의 소용돌이에 밀어 넣었다.

조금만 기분이 좋지 않아도 이불 속에서 훌쩍이는 날들이 많았다. 툭 하고 건드리면 금방 깨져버리는 유리알 같은 나였다. 서비스직인 직업의 특성상 하루 종일 웃어야만 했다. 나는 평소에도 힘들거나 우울한 모습을 들키기 무척 싫어한다. 따라서 주변 사람들은 나를 항상 즐겁고 유쾌한 사람으로 인식했다. 알량한 자존심은 나를 병들게 했다. '스마일증후군'(밝은 모습을 유지해야 한다는 강박에 슬픔과 분노 같은 감정을 제대로 발산하지 못해 심리적으로 불안정한 상태)으로 오랜 시간 시달렸다.

더 이상은 안 되겠다 싶었다. 어느 날 문득 '혼자서도 충분히 행복할 수 있지 않을까?' 하는 생각이 들었다. 그때부터 조금씩 내 일상에 주의를 기울이기 시작했다. 어떤 것들이 나를 행복하게 하는지, 나는 무엇을 할 때 행복한지 스스로에게 물었다. 그러자 소확행은 주변에 널려있었다.

> 서랍 속에 반듯하게 개켜진 깨끗한 팬츠가 쌓여있다는 건 인생에 있어서 작지만 확실한 행복이 아닐까 생각하는데, 그건 어쩌면 나 혼자만의 특수한 생각일지도 모른다. 나는 속옷인 러닝셔츠도 상당히 좋아한다. 산뜻한 면 냄새가 나는 흰

러닝셔츠를 머리로부터 뒤집어 쓸 때의 그 기분도 역시 작지만 확실한 행복이다.

- 무라카미 하루키 『작지만 확실한 행복』

자취동기 중 한 명인 B양은 소소한 일상의 행복 중 하나를 고르라면 주저 없이 빨래라고 하고 싶단다. 물론 나도 빨래하면 기분이 좋다. 우리 집 옥상에서는 북한산이 보인다. 날씨 좋은 날 옥상에 올라가 하염없이 푸르고 높은 북한산을 바라보며 색색의 빨래를 널고 있으면 정말 행복하다. 거기에 바람 한 번 살랑여주면, 봄꽃 흐드러지게 핀 동산에 온 것만 같다. 섬유유연제의 향도 마음에 따라선 봄꽃 향기로 느껴질 수 있다.

'휴일 아침 깨어난 늦잠에 살랑이는 바람을 난 좋아해요.'

좋아하는 가수 롱디의 '취향수집' 가사 일부분이다. 이 가사는 나른한 주말 오후를 연상케 한다. 햇빛이 쏟아지는 기분 좋은 주말, 창문을 열면 기분 좋은 바람이 내 볼을 스친다. 내 일상을 속속들이 들여다보면 순간순간이 행복으로 이루어져 있다. 겨울 밤 상쾌하게 씻고 나와 창문을 열어 밤하늘 가득 밝히는 보름달을 바라볼 때면 소원을 빌고 싶다. 나와 내 주변사람들 모두가 행복했으면 좋겠다고.

논현동에 거주하는 C양은 TV 없이는 못 사는 'TV덕후'이다. 그녀에게 혼자 살고 좋은 점이 무어냐고 물어보니 리모컨을 독점하는 거란다. 집에 있을 때는 엄마, 아빠에게 주로 독점권이 주어지지만, 혼자 살게 되니 리모컨은 무한독점! 우리는 각자만의 소확행을 찾았다. 친구에게 있어 TV란 그 무엇과도 바꿀 수 없는 소확행이며, 나에게는 그것이 책인 것처럼.

소확행은 바깥에 있는 것이 아니라, 우리 안에 있다. '불행을 좇는 사람은 행복한 일이 있어도 불행을 생각하고, 행복을 좇는 사람은 불행한 일이 있어도 행복을 생각한다'라는 말이 있다. 인생의 CEO인 우리는 행복을 선택하기만 하면 된다.

기분이 좋지 않은 날이면 자취방에서 나만의 황금 마이크를 꺼낸다. 동전도 필요 없고 핸드폰과 마이크만 있으면 되는 나만의 노래방이 된다. 요즘 가장 즐겨 부르는 노래는 트로트 가수 신유 씨의 '일소일소 일노일노(一笑一少 一怒一老)'다. '한 번 웃으면 한 번 젊어지고, 한 번 성내면 한 번 늙는다'는 뜻을 품고 있는 이 노래의 가사에는 '세상사 스무 고갯길 좋은 날만 있을까. 이왕이라면 웃으며 살자. 말처럼 쉽지 않아도'라는 부분이 나온다. 우울했던 하루였을지라도 이 노래를 부르고 나면 언제 그랬냐는 듯 기분이 밝아진다. 때로 슬픈 노래를 부르며 울기도 하고, 잘 나가는 아이돌 가수처럼 노래에 흠뻑 취한다. 그러다 보면 내 안의 찌꺼기들이 사라지고 마음이 한결 편안해진다. 물론, 늦은 시간에는 절대, 절대 안 된다.

여담 하나. 나는 2019년에 서른 살이 되었음에도 불구하고, 여전히 주민등록증 검사를 받는 최강 동안 중 한 명이다. 그 비결이 무엇이냐고? 매일 매일 소확행을 누리는 것. 소똥만 굴러가도 웃는 것이 가장 큰 비결이라 말하고 싶다.

자취란 '자'신만의 '취'향을 가지고 행복하게 살아가는 것이다. 스스로 무언가를 하기에 충분한 시간이다.

네 집에서는 좋은 향기가 나

드르륵. 교실 미닫이문이 열린다. 향기로운 섬유유연제 냄새가 코끝을 자극한다. 잘 다려진 교복 셔츠에서 코튼 향의 섬유유연제 냄새가 풍겨져 나온다. 나도 모르게 그 남자애에게 시선이 간다. 18살 첫사랑에 대한 기억이다. 지금도 좋은 향기가 나는 사람을 보면 자연스레 고개가 그쪽으로 돌아간다.

향기는 분명 사람을 기분 좋게 하는 힘이 있다. 새로운 향수가 끝없이 출시되고, 1인 가구 시대인 요즘은 디퓨저나 캔들 등의 인기가 식을 줄 모른다. 특히 원룸에 사는 자취족들을 위한 선물로 많이 이용하는 아이템이다. 가격대가 부담도 없을 뿐더러 오래 사용할 수 있어서 향기에 민감한 현대인들에게는 꽤 괜찮은 선물인 것 같다.

비가 일주일 내내 오던 한여름의 장마철. 며칠 동안 방안에 널어

놓은 빨래는 마를 생각이 전혀 없어보였다. 때문에 방은 꿉꿉한 냄새로 가득 찼다. 냄새에 민감한 나는 이 눅눅하고 축축한 냄새를 견디기 힘들었다. 이때 사용한 것이 바로 아로마 향이었다. 인센스 스틱이라고도 하는 이 향은 절에서 태우는 향과 똑같이 생겼다. 절에서 나는 향냄새를 싫어하는 사람은 거부감이 들 수도 있다. 그러나 잡냄새를 없애기에는 이보다 더 좋은 게 없다.

아로마 오일이 몸을 상쾌하게 만들어주는 느낌이라면 아로마 향은 마음을 차분하게 만들어주는 효과가 있다. 애플사의 창업자인 스티브 잡스도 생전에 '나그참파(NAG CHAMPA)' 향을 즐겨 피웠다고 한다. 나그참파 향은 인센스 스틱 중 가장 무난한 향으로 알려져 있으며, 나 또한 나그참파 향을 주로 피운다.

일상생활에서 향 하나만으로도 충분히 힐링 효과가 있다. 향마다 각각의 성질을 지니고 있어서, 상황에 맞는 향을 활용함으로써 감정을 극대화할 수 있다. 나는 보통 청소를 하고 깨끗한 상태에서 섬유향수를 뿌린다. 특히 베이비파우더 향을 좋아하는데, 침대나 옷장 등에 뿌려주면 완벽하게 청소를 마무리한 기분이다. 섬유향수는 옷이나 이불 등에도 뿌려주면 좋다. 일반 향수보다 가격이 저렴해 구입하기에도 부담이 없다. 출근할 때도 종종 옷에다 뿌려준다. 얼마 전 섬유향수를 뿌리고 출근한 날, 막내가 나에게서 좋은 냄새가 난다며 킁킁댔다.

캔들도 내가 즐겨 쓰는 향기 제품이다. 캔들은 향기도 좋거니와 인테리어 효과도 있다. 특히 제주도에서 사온 '바닷가에 조개를 담은 모양의 캔들'은 향기보다는 보기에 더 좋다. 캔들의 경우 마음이 울적할 때 주로 이용한다. 캔들을 켜고 가만히 일렁이는 불빛을 바라본다. god의 노래 '촛불 하나'가 생각난다.

> 지치고 힘들 땐, 내게 기대. 언제나 네 곁에 서 있을게. 혼자라는 생각이 들지 않게 내가 너의 손잡아 줄게.

오래된 노래지만 따라 부르다 보면 힘이 난다. 캔들을 켜고 들으면 가사는 두 배로 와 닿는다.

캔들과 인센스 스틱은 환기가 가장 중요하다. 환기를 시키지 않으면 미세먼지에 장시간 노출되어 있는 것과 마찬가지다. 인터넷에서 인센스 스틱에 관한 후기 중 5평 원룸에 산다던 사람의 후기가 떠오른다. 그는 방이 너무 좁아 조금만 향을 켜놓아도 화생방 훈련하는 기분이 든다고 했다. 온종일 콜록거리며 기침을 했단다. 인센스 스틱은 향이 강한 경향이 있으니, 너무 독하다고 느껴지면 차라리 캔들을 추천한다.

아무 향이 느껴지지 않는 게 더 좋다는 사람도 있다. 나도 무향 상태가 더 좋은 날이 있지만, 감정을 극대화하고픈 날엔 캔들을 꺼낸다. 특히 여름 비오는 날 캔들을 켜두고 책 읽는 것을 좋아한다. 음악은 지브리 애니메이션 OST 피아노 버전이나, 재즈를 틀어놓는다. 캔들은 습기제거 효과와 동시에 분위기 메이커 역할을 톡톡히 한다. 눈과 코와 귀가 모두 행복해지는 기분을 느낄 수 있다.

아로마테라피(aromatherapy), 혹은 향기요법이라는 말을 들어봤을 것이다. 식물의 향과 약효를 이용해 몸과 마음의 균형을 회복시키는 것을 의미한다. 아로마테라피의 역사는 인류 문명의 시작과 닿아 있다고 할 만큼 오래되었으며, 문화에 따라 다양한 방법으로 이어져 왔다. 요즘에는 일상에서의 사용과 더불어 암 치료를 비롯해 다양한 질병을 보조 치료하는 역할로 쓰이기도 한다.

재작년 가을 즈음 플라잉 요가가 끝난 후 해먹 위에서 쉬는 중이었다. 요가 선생님이 주머니에서 주섬주섬 무엇인가를 꺼냈다. 그리고는 쉬고 있는 나를 비롯한 요가 회원들의 귀 뒤쪽에 무언가를 문질렀다. 상쾌한 민트향이 온몸을 감쌌다. 마음이 편안해졌고, 운동 후 뭉쳤던 근육들이 사르르 풀렸다.

치과위생사 일을 하는 나의 경우 어깨와 목이 자주 뭉친다. 하루 동안 스케일링을 많이 하다 보면 목과 어깨가 남아나질 않는다. 내 직업은 승모근 부자가 되는 지름길이다. 이때 도움이 되었던 것은 요가 선생님이 어깨 가득 발라준 아로마 오일 스틱이었다. 뭉친 부위를 몇 번 문지르고 자면 상쾌한 민트향이 몸 전체로 퍼졌다. 개운함에 스르륵 잠이 들었다.

좁은 원룸에서 음식을 하다 보면 옷에 냄새 배기는 너무나도 쉽다. 그럴 때 섬유향수 몇 번 칙칙 뿌려주면 외출준비 완료! 습한 날에는 캔들을, 마음이 혼란스러운 날에는 명상음악을 틀고 인센스 스틱으로 향을 피운다. 내가 앉아 있는 곳은 비록 6평짜리 좁은 방이지만, 기분만은 여행자의 마음이 된다.

혼자 살다 보면 생기는 세 가지 인간유형

혼자 살게 되면 여러 종류의 인간 유형(?)으로 살아볼 수가 있다. 나의 경우 세 가지 유형으로 산다.

첫 번째 인간유형은 '덕후'다. 덕후는 여러 종류로 나눠지는데, 어떤 날엔 아이돌 덕후, 다른 날에는 애니메이션 덕후로 변신한다. 어른이 되고 난 후 오히려 애니메이션에 푹 빠지게 됐다. 어렸을 적에는 정해진 시간에만 TV를 볼 수 있었다. 저녁을 먹고 텔레비전 앞에 앉아 「꾸러기 수비대」를 기다리던 7살의 나. 그 어렴풋한 기억이 30살까지 남아있는 걸 보면 참 행복했던 순간이었나 보다. 너무 푹 빠진 나머지 어린 나이에 안경을 써야 했지만….

요즘은 잠이 오지 않거나 스트레스를 받을 때 아무 생각 없이 볼 수 있는 애니메이션을 보게 된다. 자주 보는 것들에는 「이누야샤」, 「검정 고무신」, 「짱구는 못 말려」, 「카드캡터 체리」 등이 있다. 애니메이션을 가족과 함께 있을 때 보게 되면 부모님께서는 "나이가 몇인데 아직도 그런 걸 보고 있노?"라며 나무라듯 말씀하셨다. 괜히 눈치가 보였다.

얼마 전 출근한 아침이었다. 소독실에서 후배와 이런저런 이야기를 나누던 중이었다.

"저 어제 잠이 안와서 「짱구」 틀어놨더니 완전 숙면했어요."

"아 진짜? 나도 잠 안 올 때 가끔씩 애니메이션을 틀어놓는데."

"옛날 만화를 틀어놓으면 마음이 편안해져요."

만화를 본다고 하면 이상하게 생각할 줄 알았는데, 후배도 「짱구」를 본다는 말에 안심이 됐다. 나만 덕후가 아니었구나. 동질감이 느껴져 웃음이 났다. 애니메이션은 아무 생각 없이 볼 수 있다는 게 장점이다. 그런데 보다 보면 마법을 펼치기라도 한 듯, 동심의 세계로 빠져든다. 아빠 시절의 이야기인 「검정 고무신」을 보면 지금 우리가 얼마나 편하고 감사한 시절을 살아가고 있는지 다시금 깨닫는다. 「짱구」 또한 보다 보니 어른만화였다. 어릴 때는 아무 생각 없이 봤는데, 지금 와서 보니 우리가 사는 현실을 반영한 만화였다. 지옥철을 타고 출퇴근하며, 회사에서 눈칫밥을 먹고도 집에 와서 담담히 웃는 짱구 아빠는 우리 아빠들의 모습과 똑 닮았다. 수많은 집안일을 척척 해내고, 가족들을 위한 돈은 아끼지 않지만 정작 자기 자신에 대한 것들은 내려놓는 짱구 엄마는 우리네 엄마들의 모습이다. 평범하지만 가족에 대한 사랑을 담은 짱구

이야기는 여전히 나를 기분 좋게 한다. “결말이 무섭다” “알고 보면 19세 만화다”라는 말들이 많지만, 좋은 면만 본다면 그걸로 충분하지 않겠는가.

두 번째 인간유형은 ‘사장’이다. 뒤에서 상세히 언급하겠지만, 카페와 바 두 가게를 경영하고 있는 나는 어엿한 1인 사장이다. 손님도 항상 한 명이다. 그래서 한 사람에게 정성을 쏟기에 충분하고, 그 사람이 원하는 메뉴를 그때마다 척척 만들어 낸다. 분위기도, 음악도 다 그 분을 위해 존재한다. 그 한 사람이란 바로 ‘나’ 자신이다. 혼자서 사장도 됐다가 손님도 됐다가 한다. 누가 보면 연기연습 하는 줄 알 것이다. 물론 연기자를 꿈꾼 적도 있지만, 개그콘서트에나 어울릴 만한 연기였기에 쿨하게 포기.

세 번째 인간유형은 ‘도인’이다. 앞장에서는 명상을 논하더니 이번엔 또 무슨 도인이람? 하겠지만 감정의 롤러코스터를 자주 타는 내게 명상과 아로마테라피는 필수가 되었다. 앞에서 언급했다시피 아로마 향을 피우고 인도 명상음악을 틀고, 가끔은 불교음악도 듣는다. 아니면 비 내리는 소리나 계곡 소리 등 자연의 소리를 유튜브로 틀어놓고 마음을 가라앉힌다. 옆방 사람은 가끔 ‘저 사람의 정체는 뭘까?’ 할 수도 있다. 아이돌 노래를 흥겹게 틀어놓다가도 갑자기 ‘옴마니반메훔’과 같은 불교음악이 흘러나오니, 그럴 만도 하다.

내가 즐거운 대로 행하는 것. 그게 내 자취의 콘셉트이다. 유튜브에 '집순이 브이로그'라고 검색만 해봐도 수많은 자취생들의 모습을 엿볼 수 있다. 브이로그(VLOG)라 함은 '비디오(video)'와 '블로그(blog)'의 합성어로, 자신의 일상을 동영상으로 촬영한 영상 콘텐츠를 말한다. 직접 찍어서 기록을 남기는 것도 재미가 쏠쏠하다. 촬영 편집 앱으로 얼마든지 브이로그를 만들 수 있는 시대다. 자막을 넣고 스티커 몇 개만 영상에 첨가해줘도 꽤 괜찮은 동영상이 탄생된다. 미니삼각대 하나, 어플, 핸드폰 카메라만 있다면 누구라도 나만의 인간극장을 탄생시킬 수 있다.

생각해보면 나는 끼가 있는 사람이었던 것 같다. 고등학교 때였다. 놀러갔던 워터파크에서 막춤추기 대회가 열렸다. 많은 지원자들 중 2위를 차지해 선물을 받았다. 또 한 번은 고3때 대학교 방문견학을 갔을 때였다. 급 장기자랑 열전이 펼쳐졌다.

"자, 내가 여기서 춤을 제일 잘 춘다! 하고 생각하는 사람 나옵니다. 하나, 둘, 셋…."

남녀공학이었던 우리는 누구도 쉽사리 나설 생각을 못했다.

"아무도 없어요? 여기 나와서 춤 잘 추면 롯데시네마 영화권 6장이 무료인데도?"

갑자기 웅성웅성하는 소리가 들려왔다. 영화 한 편 가격은 당시 7천 원. 학생에게는 큰돈이었다. 그것도 무려 여섯 장이라니! 나를 포함한 친구 5명이 영화를 공짜로 볼 수 있는 기회가 아닌가. 그런데 부끄러움이 앞섰다. 무대 맨 앞에는 고등학교 때 내 첫사랑이

앉아 있었던 거다. 그의 앞에서 막춤이라니…. 아무리 까불대는 나라고 해도 첫사랑 앞에서는 나설 수가 없었다. 하지만 가만히 있을 우리 반 애들이 아니다.

"이! 선! 주! 이! 선! 주!"

갑자기 대동단결이라도 한 듯 나를 부르는 함성이 울려 퍼졌다. 속으로 나는 외쳤다.

'아, 첫사랑과는 이제 절대 이루어질 수 없겠구나.'

이과를 대표해서 나는 신나게 막춤을 췄다. 목도리를 풀어 혼자 빙빙 돌리며 심취하고야 말았다. 그깟 영화 표 여섯 장이 뭐라고. 결과는? 목도리까지 돌려가며 생쇼를 한 탓이었을까. 내 손에는 빛나는 영화표 6장이 들려 있었다.

첫사랑과는 어떻게 되었냐고? 고3 졸업식이 끝나기 전 그에게 고백을 했다.

"선주, 너는 정말 좋은 친구야. 좋은 친구 사이로 남자."

크흡. 첫사랑은 이래서 이루어지지 않는다고 했구나. 눈물 한 번 슥- 훔치고….

성인이 된 이후 「전국노래자랑 은평구 편」에도 막춤을 추며 등장했다. 그뿐이랴. 이상하게도 내가 가는 식당마다 카메라맨들이 있는 거다. 내로라하는 음식 방송 모두 인터뷰를 모두 섭렵하기에 이르렀다. 이제는 한 술 더 떠 먹거리 인터뷰 계의 전설로 남고 싶은 소망까지 생겼다.

재미있고도 신기한 삶이다. 진짜 연예인은 아니지만 연예인과 비슷한 삶. 타인을 즐겁게 해주고픈 마음이 커서인지 그런 기회가 자주 생긴다. 가끔 혼자 사는 프로그램에 출연하는 상상을 해보곤 한다. 안 그래도 외로울 1인 가구들에게 조금이나마 웃음을 줄 수 있다는 것, 나로 인해 다른 사람들이 행복해 하는 모습을 볼 수 있다는 것. 그게 바로 진짜 나를 위한 행복이었다.

Episode.3

여전히 멀고 험한 홀로서기의 길 :
혼자 살면 안 되는 7가지 유형

우리 집에 놀러 올래?

"삑 삐삐 삑"

현관문을 열고 들어서니 낯익은 녀석 4명의 얼굴이 차례로 보인다. 분명 학교에서도 본 녀석들이건만 또 다시 얼굴을 봐야 하다니. 그것도 내 자취방에서!

"뭐야? 니들 또 왔어? 집에 좀 가 이제!"

"알았어. 알았어. 내일은 꼭 갈게!"

아오. 진절머리야. 내 공간인지 우리의 공간인지 경계가 없는 이 자취방 사태를 어떻게 해야 하지?

고려대 학생 K씨는 매주 골머리를 앓는다. 그와 함께 다니는 친구들 때문이다. 친구들 중에는 자취를 하는 친구와 집에서 다니는 친구가 있다. 그와 상관없이 그의 자취방이 모임장소로 전락하게 된 것은 친구들과 치킨을 몇 번 시켜먹고 나서부터였다. K씨와 같은 사례를 주변에서 심심찮게 볼 수 있다. 물론 K씨와 친구들은 죽이 잘 맞고, 함께 있을 때 즐겁다. 그렇지만 하루 온종일 함께 한다면 그 즐거움도 글쎄? 과연 즐겁기만 할까?

자취방의 방값만 해도 부담이 되는 학생시절. 세제, 휴지, 치약, 생필품 하나 사는 것도 저렴한 걸로 골라 사기 위해 애를 쓴다. 그런데 힘들게 아르바이트를 해서 마련한 생필품들이 둘도 아니고 여럿이 쓰게 되면 며칠 새 동이 난다. K씨와 같은 소심한 성격이라면 더욱이 친구들에게 말하기 어렵다. 이런 사태에 미리 대비해야 한다. 이미 상황이 벌어진 경우라면 최대한 진심으로 양해를 구해야 한다. 그렇지 않으면 골치를 썩는 건 타인이 아닌 내가 될 테니.

마법에 걸린 날이었다. 기분도 좋지 않은 데다 몸까지 피곤해 얼른 침대에 눕고 싶었다. 한 친구가 내 방으로 놀러와 새벽 2시까지 수다를 떨다가 갔다. 평소 같았다면 함께 신나는 수다를 나눴을 거다. 그러나 남 눈치를 많이 보던 학창시절의 나는 다음날 엄청난 피로에 시달려야만 했다. 고시텔에서도 마찬가지였다. 모임 장소는 무조건 201호. 내 방이었다. 좁디좁은 3평 공간에 5명이 빙 둘러앉아 밤을 샐 때가 자주 있었다. 내 공간을 빼앗겼다는 생각이 들 때면 숨 쉴 틈 없이 느껴졌다.

타인의 눈치를 많이 살피던 나는 내 진짜 마음을 이야기하지 못했다. 나 자신보다 친구들을 훨씬 사랑하던 나는 점차 내면에 내 공간이 사라지는 경험을 했다. 한 번 이야기하지 못하면 시간이 갈수록 더 이야기하기가 힘들어졌다. 뭐든 초반이 중요하다. 처음에 나는 그러질 못했다. 지금은 몸이 불편할 때면 "나 오늘은 좀 많이 피곤해서 우리 내일 더 신나게 이야기하자"라며 기분 나쁘지 않게 말한다. 몸이 피곤하다는데 서운해 할 친구는 없다. 타인을 의식한 나머지 내 시간과 공간을 잃지는 말아야 한다.

K씨는 얼마 전 연애를 시작했다. 대학교에서 만나 CC로 발전한 둘 사이는 급격히 가까워졌다. 지방에서 서울로 올라온 K씨는 학교 근처에 자취방을 얻었다. 그녀의 남자친구는 부모님과 함께 살았다. 둘만의 시간이 너무나도 소중하게만 느껴졌다. 여느 날과 같이 늦은 밤까지 데이트를 했다. 남자친구인 B씨는 평소와 같이 K씨를 집 앞까지 데려다줬다. 이대로 집에 가기 아쉬웠던 둘. K씨는 B씨에게 "집에서 치킨 시켜먹을까?"라며 제안을 했다. 그러자 B씨는 기다렸다는 듯이 콜! 했고, 치킨을 시켜먹는 날들이 쌓이고 쌓여 매일이 됐다. 그때부터 K씨의 연애에 금이 가기 시작했다.

연인들은 둘만의 장소가 간절하다. 이때 자취방은 최적의 장소가 된다. 더욱 가까워진 둘은 서로에게 당연한 듯 행동한다. 혼자 쓰던 생필품도 자연스레 둘이 쓰게 되고, 그러다 보니 방값을 제외한 돈은 몇 배로 불어난다. 이제는 늦은 시간뿐만 아니라 공강 시간에도 마음대로 자취방을 드나든다. 그가 상처받을까 두려워 내 시간을 갖고 싶단 말을 차마 하지 못한다. 각자의 시간이 부족했던 그들은 점차 지루함을 느낀다. 남자는 점차 그동안 만나지 못했던 친구들을 만나고, 자취방에서의 물건을 하나둘씩 정리한다. 자취방에는 덩그러니 남겨진 그의 흔적들만 자리한다. 가수 노라조의 노래 '멍멍이' 중 한 구절이 떠오른다.

> 밤새워 뒤척이며 부르던 그 이름 익숙한
> 그 사람은 언제 또 오는 거죠?
> 항상 내게 한아름씩 간식을 가져다주던
> 그 사람은 요즘 통 보이질 않네요.

그렇다. 차라리 처음부터 자취방에 데려오지 않았더라면 이별 후 겪는 외상은 분명 덜할 것이다. 하지만 사랑하는 사람과의 시간을, 그 애타는 마음을 달래기란 쉽지 않은 법. 연애를 함에 있어서도 균형을 잡는 일이 중요하다. 매일같이 애인을 데려오게 되면, 점차 내 공간이 사라지게 된다. 현실적으로도 비용과 함께 에너지 소모도 한 몫 한다.

자취하는 커플들 중 한쪽이 빨판상어처럼 기생하는 모습을 종종 볼 수 있다. 하루 중 8시간 넘게 내 집에서 지내다 보면, 내가 내 돈으로 월세 내면서 누구를 먹여 살리고 있는 건가? 싶은 생각에 현자타임이 온다. 자취생이 되니 사랑하던 사람이 생활의 걸림돌이 되어버리는 슬픈 결과다. 그러니 자취 동지들이여, 연애를 할 때에는 적당하게! 여기는 우리의 공간이 아니라 분명한 내 공간이라는 인식을 심어주는 게 현명한 일이다.

사랑하는 사람과 함께 하는 시간도 내게는 또 다른 휴식이 될 수 있다. 이 휴식을 어떻게 더 좋은 시간으로 보낼 것인지는 균형 잡기에 달렸다. 매일 집밥만 먹으면 외식이 그립고, 밖에서만 먹으면 집밥이 그립듯. 균형 잡힌 삶이 행복을 가져다준다. 혼자 있는 시간을 충분히 가진 후 누군가를 초대해보는 게 어떨까. 분명 행복은 배가 될 것이다.

1인 가구 동지들에게 전한다. 외롭거나, 힘들거나, 술 한 잔 기울일 친구가 필요하다면, 이렇게 말하자.

"시원한 맥주 한 캔 사들고 우리 집에 놀러 오실래요?"

귀찮으니 대충 먹자

숭실대에 재학 중이던 친구 L양에게서 충격적인 이야기를 들었다. L양의 친구 한 명이 응급실에 실려 갔다. 이유인즉 한 달 내내 미숫가루만 먹다가 처음으로 일반식을 먹던 날, 위가 음식물을 감당하지 못한 탓이었다. 다시 일반식을 먹기까지 그 친구는 수많은 시간을 고생해야만 했다. 그리고 다시는 건강을 해치는 식사는 하지 않았다.

학창시절, 또는 사회 초년생시절 우리는 먹어도 먹어도 배고팠다. 우리의 통장도 배고팠다. 삼각 김밥이나 편의점 햄버거로 때우기 일쑤였다. 뿐만 아니다. 다이어트를 하느라 배고픔에서 벗어날 수 없었다. 그러다가 응급실에 실려 갈 상황에 처하기도 했다.

살을 뺀다고 해서, 돈이 없다고 해서 내 몸을 해치는 것은 무모한 짓이다. 로빈 샤르마가 쓴 책 『변화의 시작 5am 클럽』에는 이런 구절이 나온다.

'건강은 아픈 사람의 눈에만 보이는 월계관이다.'

제 아무리 부자라 한들 병상에 누워만 있다면 무슨 소용일까. 몸이 건강해야 모든 것을 누릴 자격이 주어진다. 허나, 젊다고 해서 아무렇게나 제 몸을 해치는 사람들이 많다. 어려운 환경에서도 우리는 충분히 건강을 유지할 수 있다. 지금은 선사시대처럼 매일 같이 먹을 것을 찾아 헤매지 않아도 되는 세상이므로.

갓 상경했던 시절, 건강엔 자신 있었다. 초등학생 때부터 아팠던 적이 손에 꼽을 정도였으니까. 그래서 내 몸을 함부로 했다. 먹고 싶으면 먹고, 먹고 싶지 않으면 굶었다. 돈이 없다는 이유로 고시텔에 있던 라면만 주구장창 먹었다. 비치되어 있던 중국산 김치로 매번 김치볶음밥만 만들어먹었다. 가끔 돈을 쓰는 날이면 치킨이나 피자로 내 몸을 채웠다. 그런 날들이 쌓여만 갔다. 과일과 채소, 신선한 재료들로 이루어진 식사는 하지 않은 지 오래였다. 내 몸은 기다렸다는 듯 고장 나기 시작했다.

소주 한 병은 거뜬히 마시던 나였다. 여느 때와 같이 술을 먹었고, 다음날 아무렇지 않게 출근했다. 갑자기 속이 울렁거리고 얼굴이 새하얗게 질렸다. 화장실로 달려가 미친 듯이 토를 쏟았다. 조퇴를 하고 병원을 갔더니, 급성위염이라 했다. 그 후에도 식습관을 고칠 생각은 하지 않았다. 내 건강을 믿었다. 그 결과 조금만 먹어도 소화가 안 되고, 역류성 식도염까지 더해졌으며, 더 이상 약으로는 해결이 되지 않았다. 한약도 먹어보고 침도 맞아봤지만, 소용이 없었다.

월계관을 쓰고 있을 땐 깨닫지 못했다. 아파봐야만 건강의 소중함을 절실히 깨닫는다. 나 또한 마찬가지였다. 내 몸을 정상적으로 되돌리기까지 부단히도 많은 노력이 필요했다.

아프고 난 후에는 아침을 챙겨먹기 시작했다. 아침을 먹기 전과 후는 너무도 다르다. 피로함이 훨씬 덜하고, 포만감을 느끼다보니 자연스럽게 점심도 과식하지 않게 된다. 과식하지 않으면 오후에 졸림 현상이 덜하다. 아침만 먹어도 하루의 질이 달라진다.

치과에서 일을 하다 보면 환자분께 병력사항을 여쭈어야 하는 순간이 있다. 처음에 환자 차트를 작성할 때 어디 아픈 곳은 없는지, 드시는 약은 없는지 진료를 위해 확인을 해야 한다. 어느 날 80세를 훌쩍 넘긴 할머니께서 내원하셨다. 처음 그분을 뵀을 때 60세인 줄로 착각했다. 그만큼 정정하셨다. 거기다 아픈 곳이나 약 드시는 게 전혀 없으셨다. 내원하시는 노인 환자분들은 고혈압 약을 비롯해 여러 가지 약을 드시는 게 보통이었다. 너무 궁금해서 나는 건강의 비결을 여쭤봤다.

"할머니, 진짜 너무 궁금해서 그러는데, 어쩜 약도 하나도 안 드시고 이렇게 동안이시고 건강하세요? 저는 아직 30살도 안 됐는데 자주 아프거든요."

"건강 비결? 음, 나는 젊을 때부터 지금까지 한 번도 아침을 거른

적이 없어. 그리고 산책도 자주 하고. 스트레스 받지 않게 무던하게 사는 거! 그게 다여!"

아침식사의 중요성을 인식하게 되는 순간이었다. 일본국립암센터에 따르면 아침식사를 주 2회 이하로 하는 사람은 매일 먹는 사람에 비해 뇌출혈 위험이 36%나 높은 것으로 나타났다. 또한 아침을 거른 사람들은 일반인에 비해 체중을 더 높게 유지하는 경향을 보였다. 이 결과만 놓고 봐도 아침식사의 중요성은 더 말할 필요가 없다.

많은 사람들이 자신을 망치는 잘못된 보상심리를 가지고 있다. 일주일에 한두 번쯤이야 스트레스를 풀기 위해 자극적인 음식, 인스턴트 음식을 먹을 수는 있다. 그러나 보상심리가 매일이 된다면 '보상'이 아니라 '병상'에 누울 수도 있다. 충동적인 식습관은 위험하다. 나중에 후회하는 것은 다른 사람이 아닌 바로 나다. 밤에 배고프고 힘들다면 바나나킥 대신 바나나를 들 용기가 필요하다.

문득 내 몸에게 미안해지는 순간이 있다. 맵고 짜고 자극적인 음식들, 토할 정도로 마시는 술, 영양가 없는 과자들로 내 몸을 가득 채울 때 먹고 나면 죄책감에 시달린다. 당장은 달콤하지만 매일 반복하다 보면 분명히 달라진 내 모습에 자괴감이 든다. 아무리 시간이 없고 돈이 부족하다 한들, 대충 먹지는 말자고 매순간 다짐한다. 귀찮다고 해서 건강한 식습관을 뒤로 미루기만 하는 건 건강악화의 지름길이다.

우리는 먹는 데에 많은 시간을 할애한다. 어떤 걸 먹느냐에 따라 건강뿐 아니라 감정까지도 달라진다. 이왕이면 좋은 거 먹고, 오랫동안 행복한 삶을 살고 싶다. 혼자 살면서 내 몸을 챙길 사람은 오로지 나 자신뿐이다. 내 머리 위에는 보이지 않는 월계관이 씌워져 있다. 이제는 건강을 잃고 나서 후회하지 않으려 한다. 빛나는 월계관을 계속 쓸 수 있도록 순간순간 나를 돌보는 것. 그게 오랫동안 행복한 삶을 살기 위한 발걸음의 시작이 아닐까.

나는 언제쯤 저런 오피스텔에 살 수 있을까?

남자친구는 서울 토박이다. 반면에 나는 경상도에서 상경한 시골(?)소녀다. 우리는 대부분 공휴일에 만나 데이트를 했다. 그러나 남자친구 집에 일이 있거나, 친구들과 약속이 있는 날이면 만날 수 없어 슬펐다. 고시텔을 나와 각자 생활을 하게 되면서 내 친한 친구들은 강남, 건대 등 먼 곳에 위치하게 됐다.

'치, 자기만 친구 있냐?'

'나도 동네친구가 있었으면 좋겠다.'

혼자 살면서부터 비교 아닌 비교를 참 많이도 했다. '남자친구는 서울 토박이니까 동네친구도 많고 좋겠다'부터 시작해서 다양한 이유를 만들어 비교했다. 내가 살고 있는 원룸이 신축 원룸임에도 불구하고 옆 아파트와 비교하면서 내 형편을 깎아내렸다. 나보다 좋은 오피스텔에 사는 친구들과 우리 집을 자주 비교했다.

자취하면서 첫 번째로 버려야 할 것은 부정적인 생각이다. 자취를 하다 보면 내 마음대로 생활할 수 있다. 누구의 방해도 받지 않다 보니 멈춰 있는 시간이 많다. 사람이 행동하지 않고 멈춰 있다 보면 쓸데없는 생각이 많아진다. 특히 누워만 있다 보면 그 증상은 더욱 심각해진다. 누워있다 보면 자연스레 스마트폰을 켜게 된다. 인스타그램에서는 여행지에서의 사진들이 올라오고, 친구를 만나 맛있는 음식을 먹고, 신난 모습들뿐이다. 나만 이렇게 집구석에 처박혀 있는 것 같다. 분명 며칠 전에 친구를 만났음에도 불구하고 공휴일에 나만 혼자인 것 같아 억울하다. 카페라도 나가볼까 생각해보지만 휴일에 나만 혼자인 걸 티내는 것 같아 눈치가 보인다. 가만히 있으면 지루하고, 그렇다고 움직이기는 싫고…. 휴, 긴 한숨만 나오는 상황. 왜 이렇게 기분이 좋지 않은 걸까.

생각은 생각에 꼬리를 문다. 그런데 긍정적인 생각보다 부정적인 생각이 꼬리를 물기가 쉽다.

'나만 혼자인 것 같아. 쉬는 날에 혼자인 사람은 나뿐이겠지?'

'휴, 나는 언제쯤 저런 오피스텔에 살 수 있을까?'

'나도 동네친구 여럿 있었으면 좋겠다. 울산으로 당장 내려가 버릴까?'

이렇듯 부정적인 생각은 부정적인 생각을 몰고 오며 나를 갉아먹는다. 부정적인 생각에 빠져 있으면 아픈 것도 나고, 힘든 것도 나다. 부정적인 생각이 들기 시작하면 우선 마음을 비워야 한다. 마음을 비우는 데 가장 좋은 행동은 일단 움직여 보는 것이다. 꼼짝 않고 있으면 그 생각에 몰입되어 헤어 나올 수가 없게 된다. 시간만 흘러갈 뿐, 변하는 건 아무것도 없다.

나는 움직이기 전에 내가 어떤 활동을 좋아하는지 생각해보았다. 그림그리기, 춤추기, 노래 부르기, 글쓰기, 뜨개질 등…. 깔끔한 사람들은 청소가 포함될 것이다. 나는 청소는 제외하겠다. 움직임을 시작하는 순간 부정적인 생각은 그대로 멈춘다.

춤을 추면서 '나는 현아다. 나는 보아다' 하며 빙의해본다. 노래를 부르면서는 '나는 거미다. 나는 아이유다'라고 되뇌어본다. 그림을 그리며 '난 이 시대의 피카소야. 훗' 하는 태도를 취해본다. 물론 이것은 나만의 스타일이니 각자의 방식대로 긍정적인 생각으로 끌고 가면 된다. 이러한 행동을 계속하다 보면 엔돌핀이 상승하게 되고 기분이 좋아지는 것을 느낀다.

그리고 또 한 가지. 생활태도다. 게으르기 위한 자취는 절! 대! 금! 지! 부모님 품에서 벗어났다고 마냥 신나서 몸과 마음을 해치는 생활태도는 절대 안 된다. 게으름을 '쉼'이라 착각하는 사람들이 많다. 나 또한 그 사람들 중 하나였음을 고백한다. 뭐라 하는 사람 없으니, 매일 술 마시고, 늦잠을 잤다. 몸에 좋지 않은 것을 알면서도 끊지 못하고, 대충 먹고, 대충 살았다.

자기 관리를 하지 않는 사람은 자신을 아껴주지 않는 사람과 같다. 게으름은 자신을 망치는 지름길이다. 대충 먹고, 먹고 싶은 것만 먹다가 살이 쪄서 병까지 얻게 된 나는 너무나도 잘 알고 있다. 특히 스마트폰은 게으름의 끝판왕이라 할 수 있다. 한 번 들여다보기 시작하면 끝이 없다. 중독성이 강하기 때문이다.

『나는 습관을 조금 바꾸기로 했다』의 저자 사사키 후미오는 '무언가를 버리면 다른 즐거움이 찾아온다'고 했다. 낡은 물건들을 버리고 정리하면 새로운 것들이 그 자리를 차지한다. 부정적인 생각들을 버리면 그 자리는 긍정적인 생각들로 채워진다. 게으른 태도를 버리면, 부지런한 태도만 남는다. 즉, 버릴 것은 버리고, 취할 것은 취하는 것이 현명한 자취생활의 기본이다.

단순하게 세 가지만 기억해도 혼자 살아가는 데 큰 도움이 될 것이다.

첫 번째는 외로움, 비교와 같은 부정적인 생각들을 인정하고 비울 것.
두 번째는 게으름을 버리고 부지런해질 것.
세 번째는 불필요한 물건들을 줄일 것. (불필요한 물건을 줄이면 청소하는 횟수와 에너지 또한 줄어들게 된다.)

이 세 가지만 버려도 즐거운 자취생활을 할 수 있다. 버릴 것들은 버리고, 취할 것들은 취하기. 이게 바로 홀로 있음의 진정한 즐거움에 한 발자국 더 가까워지는 길이다.

바퀴벌레 잡으려다 초가삼간 다 태우자

원룸에 살게 된 친구 A양과 B양이 있다. 대학생이던 둘은 방값을 한 푼이라도 아끼기 위해 한 학기 동안 원룸에 함께 살기로 결심했다. 어느 날, 친구 A가 미팅을 나가게 됐다. B는 홀로 남아 자유를 즐기고 있었다. 순간 천장에 커다란 무언가가 휙 지나갔다. 느낌이 좋지 않았다. 천장을 쳐다보기가 두려워진 B양은 천천히 몸을 일으켰다. 순간, 손바닥만 한 그 존재는 부우웅~ 소리를 일으키며 머리 위를 날아갔다. 불안한 예감은 적중했다. 그것은 바퀴벌레였다. 바퀴벌레를 확인한 순간, B양은 건물 밖으로 뛰쳐나갔고 오랜 시간동안 집에 돌아오지 못했다. 바퀴벌레에게 원룸을 양보한 것이다.

치과위생학과에 재학 중이던 시절, 전해들은 이야기였다. 그들은 오래된 컨테이너 박스 같은 원룸에서 살고 있었다. 경찰을 부를까, 소방관을 부를까 고민했던 친구 B는 결국 집을 내어주는 방법을 택한 것이다.

벌레라면 나 또한 치를 떠는 사람 중 하나다. 예전에 살던 집에서는 가끔 바퀴벌레가 출현했다. 어느 날 바퀴벌레 한 마리를 잡느라 에프킬라를 있는 대로 뿌려댔다. '절였다'라는 표현이 적절할 정도로 말이다. 휴지로 그놈을 감싸기까지 족히 한 시간은 걸렸다. 아무리 죽었다 해도, 휴지 속 그놈을 잡는 촉감이란…. 글을 쓰는 지금도 온몸에 소름이 돋는다.

일단 변기에 잽싸게 내린 후, 심신이 지쳤던 나는 잠시 눈을 붙였다. 에프킬라를 마구 뿌려댄 바닥은 생각도 못한 채. 자고 일어나 방을 건너 화장실을 가려던 중, 흥건한 에프킬라의 잔해에 미끄러진 나는 쿠당탕! 넘어졌다. 바퀴벌레 잡으려다 초가삼간 태우는 게 아니라 하마터면 삶과 영영 작별할 뻔했다.

처음 입주하기 전 벌레가 잘 나오는지, 나오지 않는지 판단하는 건 사실 어렵다. 나 같은 경우 벌레 퇴치용 패치가 집안 곳곳에 붙여져 있는지 확인한다. 그러나 그것도 살아보지 않고는 확인하기가 힘든 법이다. 그럴 땐 벌레와 정면승부를 하던지, 아니면 세스코와 같은 전문업체를 불러야 한다. 그러나 세스코는 나 같은 소시민은 감히 부를 엄두가 나지 않는다. 그렇기에 벌레 퇴치에 마음을 단단히 먹어야 하는 건 바로 나 자신이어야 한다.

요즈음엔 새로운 퇴치방법들이 많이 나왔다. 예전에는 검정색 패치만 있었다면, 지금은 여러 종류로 다양하게 나온다. 나의 경우 겔 타입으로 된 약품을 패치에 짜 넣어 여러 군데 붙여 놓는 방법을 썼다. 그랬더니 그 이후로는 모습을 잘 드러내지 않았다. 약효가 떨어진 몇 개월 후에는 다시 모습을 드러내긴 했지만.

몇 마리가 없어졌다고 해서 방심해서는 아니 된다. 바퀴벌레는 몇 억 년 전부터 지구에서 살아남은 놈이다. 빙하기에서조차 살아남은 끈질긴 놈을 완벽하게 없애기란 쉽지는 않다. 머리가 잘려도 살 수 있고, 자기 몸무게의 900배가 넘는 무게도 거뜬히 견뎌내며, 위기 상황에는 아이큐가 340으로 치솟는다고 한다. 시속 150km의 속력을 낼 수 있으며, 물 없이도 열흘을 견디는 대단한 이 해충은 가히 천하무적이라 부를 만하다.

특히 겨울에는 따뜻한 곳을 찾아 집안으로 침투한다. 이때 유입구를 막아주는 예방이 가장 필수적이다. 유입구는 출입문, 환풍구 등을 말한다. 발견 즉시 에어로졸 살충제로 살충하고, 변기에 내려준다. 유입구에 겔을 짜 넣은 퇴치용 패치를 붙여 예방을 해주면 탁월한 효과를 볼 수 있다.

여러 곳에 살포하는 것이 매우 중요한데, 구석진 곳마다 뿌려주면 된다. 화장실이나 싱크대 내부, 서랍 안쪽, 가스레인지, 냉장고 뒤쪽, 보일러실, 신발장 등 여러 곳에 살포한다. 효과를 좀 더 보고 싶다면 끈끈이를 함께 놓으면 된다. 단지, 이 방법은 시체를 눈으로 확인해야 한다는 단점이 있다. 기억할 것은 예방, 또 예방이다.

오래된 건물에 살게 될 때에는 어느 정도 각오해야 한다. 그만큼 방값이 덜 나가는 이점은 있다. 앞에서도 말했지만 나는 바퀴를 비롯한 벌레들을 무척이나 혐오한다. 따라서 방값을 조금 더 부담해야 할지라도 벌레가 덜 나오는 곳을 택한다. 집을 구할 때 내가 가장 원하는 포인트가 무엇인지를 생각해보는 게 중요하다.

지금 살고 있는 집은 햇빛을 많이 받아서인지 습기가 덜하다. 바퀴벌레를 비롯한 많은 벌레들은 습한 곳을 좋아하는 습성이 있다. 그래서 반지하와 같은 곳에서 벌레를 보기 쉬운 것도 사실이다. 이 집에 살기 직전에는 1.5층에 살았다. 게다가 건물이 사방으로 들어 서 있어서 햇볕이 거의 들지 않았다. 퇴근하고 돌아와 방문을 열면 스스슥 부엌으로 도망치던 놈. 그때마다 나는 그 자리에 얼어버리곤 했다.

빛으로 충만한 지금의 방에서 나는 해충들을 단 한 번도 보지 못했다. 전처럼 두려움을 느낄 일도 없고, 에너지를 쏟아가며 벌레 퇴치를 할 일도 없다. 아무 조건 없이 내리 쬐어주는 햇빛이 감사하다.

잠깐 분위기를 바꿔보자. 멕시코 민요 중에 '라쿠카라차라'는 노래가 있다. 노래의 배경에는 멕시코 혁명이 있었다. 스페인 군부독재에 반대해 일어난 이 혁명에서 민중들은 "라쿠카라차"를 외치며 이 노래를 불렀다. 그런데 이 노래와 바퀴벌레가 무슨 연관이 있다고?

'라쿠카라차'는 스페인어로 '바퀴벌레'를 뜻한다고 한다. 멕시코 민중들은 바퀴벌레의 끈질긴 생명력을 높이 샀다. 즉 바퀴벌레처럼 끈질기게 살아남아 저항하겠다는 의미를 담아 흥겹게 노래를 불렀던 것이다. 나머지 가사에는 독재자를 비판함은 물론, 무자비함에 대한 분노도 담겨 있다.

'생명력이 강하다'라는 점은 해충임에도 본받을 만한 점이다. 누구나 살아가기 힘겨운 시대에, 생명의 불꽃을 쉽게 꺼뜨리는 사람들을 종종 볼 수 있다. 우리는 자아를 지닌 인격체다. 더 나은 미래를 만들 능력이 있으며, 남에게 이로운 영향을 끼칠 수 있는 존재다. 우리에겐 살아갈 이유가 충분하다. 긍정적으로 생각하자. 벌레도, 집안일도, 지독한 외로움도, 내가 보는 관점에 따라 달라진다. 그 어떤 상황에서도 긍정적으로 바라본다면 만사 오케이다.

바퀴벌레 잡으려다 초가삼간 태우지 말고, 에프킬라 뿌리고 넘어져서 뇌진탕에 걸릴 위험에 빠지지도 말고! 초반부터 꼼꼼히 집을 구하는 게 중요하다. 그게 아니라면 그에 적응하는 시간을 가져보기를. 인간은 적응하는 존재이니까.

층간소음,
무시하자

아무리 여름이라 덥다지만 창문 열고 야동 보지 마세요. 불쾌합니다. 계속해서 소리가 들려옵니다. 그동안 참고 견뎌왔지만 이제는 못 참겠네요. 자꾸 창문 열고 불쾌한 행동하지 마시고, 조용하게 보세요. 다음부터는 경고문으로 끝내지 않겠습니다.

평소와 같이 퇴근해서 집에 돌아오던 날, 원룸 건물 현관에 붙은 쪽지를 발견했다. 빨간 글씨로 휘갈겨 쓴 경고문이었다. 보는 순간 내가 다 부끄러웠다. 도대체 어떤 이가 용감하게(?) 창문을 열고 그런 짓을 하는 걸까? 물론 인간의 본성이 잘못됐다는 게 아니다. 그러나 혼자 조용히 즐길 수 있는 상황임에도 불구하고, 굳이 창문을 열어놓고 동네방네 알리는 게 과연 옳은 일일까?

1인 가구들은 주로 원룸이나 다가구 형태의 주택에 거주한다. 따라서 혼자 사는 공간이지만, 함께 사는 공간이기도 하다. 본인은 생각 없이 한 행동에 다른 사람들이 불편할 수 있다. 이 글을 쓰면서 내 행동은 어떠했나? 돌아보았다.

한 번은 옆집에서 새벽에 청소기를 돌리는 것에 열 받아 맞받아치기로 결심했다. 새벽 한 시에 세탁기 돌리기! 그러나 생각해보니 그것은 옆방뿐 아니라 다른 방에게까지 폐를 끼치는 일이어서 그만두었다. 돌이켜보면 나도 주말 낮마다 노래를 시끄럽게 틀어댔고, 노래에 맞춰 쿵쾅거리며 춤을 추기도 했다. 아무리 낮이었다 해도 옆방 사람에게 방해가 되었을 수도 있다. 그래서 야심한 시각에 청소하기로 결심했을 수도 있다. 그러니 나도 소음으로부터 떳떳할 수만은 없었다.

요즘 많이 보는 뉴스 중 하나가 층간소음이다. 층간소음 때문에 살인까지 가기도 한다. 층간소음은 여러 가지다. 개 짖는 소리부터 아이들이 쿵쿵 뛰는 소리, 공사를 하느라 기계 돌아가는 소리까지 다양하다. 개가 짖는 소리 때문에 공부를 못하겠다며 한껏 예민해진 10대 청소년이 흉기를 들고 이웃을 위협했다. 부모님 세대에서는 이웃에 대한 시선이 긍정적이었다면, 지금은 그 반대다.

어쩌다 우리는 윗집에 사는 이웃을 '내 머리 위 원수'라고까지 표현하게 된 걸까? 왜 이렇게까지 시대가 변했을까? 층간소음에 대한 해결책을 여러 모로 강구하는 중에 있지만, 뾰족한 대책은 없는 게 실상이다. 여기서 우리가 할 수 있는 건 소음이 발생하기 전에 예방하는 것이다. 아이들이 있는 집이라면 단연 매트를 설치해야 한다. 아파트와 같은 공간에서는 개가 짖지 않도록 훈련을 시켜야 한다. 나에겐 사랑스러운 반려견일지라도 다른 사람에게는 소음이고 성가신 존재로 비칠 수 있다. 그렇지 않다면 시골과 같은 환경에서 키우는 것이 동물에게나 모두에게나 좋은 일일 수 있다. 도시에서 여러 명이 함께 생활하는 공간이라면 그에 따른 행동을 하는 것이 옳은 도리일 것이다.

전문가들이 말하기를 당사자들끼리 분쟁을 해결하려 들면 감정 싸움으로 번지기 쉬워서 제3자를 거쳐 해결하는 것이 적당하다고 한다. 위층은 아래층 사람이 너무 예민하다고 생각이 되고, 아래층은 위층 사람이 너무하다고 생각하는 상황 속에서 두 사람이 해결하려고 하는 것은 보이지 않는 답을 계속 찾으려 하는 것과 같다.

무엇보다 중요한 건 '배려하는 마음'이다. 예를 들어 아이들과 함께 사는 가정은 미리 양해를 구하고 나서는 것이다. 작은 선물이라도 괜찮으니 선물과 함께 "저희 아이들 때문에 힘드셨죠? 저라도 힘들 것 같습니다. 지금까지 배려해주셔서 감사합니다"라고 한다면 화가 났던 마음도 수그러들기 마련이다.

밤마다 뛰는 아이들로 인해 스트레스를 받는 친구가 있었다. 친구 또한 아이들을 키우는 입장이다 보니 이해하지 못하는 것은 아니었으나, 정도가 심했다고 한다. 그런데 윗집 이웃이 직접 내려와 손으로 쓴 편지와 함께 진정어린 말을 건넸다. 진심으로 사과하는 모습에 조금 전까지도 화났던 마음이 금방 가라앉더라고 했다.

공적인 공간과 사적인 공간, 공적인 일과 사적인 일 속에서 균형을 잡으며 살아가기란 어려운 일이다. 내가 한 행동은 나도 모르게 합리화하게 되고, 남이 한 행동은 옳지 못하다는 생각이 들기 쉽다. 왜냐하면 다른 사람 탓을 하는 게 내 옳지 못한 행동을 인정하는 것보다 쉽기 때문이다. 내 행동을 반성함으로써 오는 수치심과 부끄러움을 인정하는 건 쉽지 않은 일이다. 그러나 한번 인정하고 나면 오히려 편안해진다. 잘못을 인정하게 되면 다음부터는 잘못된 행동을 반복하지 않게 된다. 내가 먼저 변화함으로써 타인을 변화시킬 수 있다.

다른 사람을 탓하기 전에 나부터 돌아볼 일이다. 이 글을 쓰면서 나를 다시 돌아보고 반성했다. 내 즐거움만 우선으로 생각했던 적이 많았다. 예를 들면 친구들을 불러 늦은 시간까지 게임을 한다든지, 밤새 큰소리로 전화를 한다든지….

혼자 사는 일에 관한 글을 쓰고 있지만, 혼자 사는 일은 결코 혼자서 고립되라는 뜻이 아니다. 만약 우리가 태어난 이유가 혼자여야만 했다면 수많은 사람이 지구상에 있을 이유가 없다. 함께 사는 세상이다. 많은 사람들 속에서 성장하고, 배우는 것이 삶의 이유이다. 사랑도, 우정도, 희망도, 시련도, 고통도, 많은 삶의 이유도 결코 혼자서는 배울 수 없는 것들이다.

떡을 돌리며 이웃 한 명 한 명에게 인사를 건네던 시절은 지나갔지만, 힘겨운 시대를 함께 살아내고 있는 우리는 여전히 한 가족이다. 마음 깊은 구석에서는 동네친구를 갈구하고, 옆집 사람이 누군지를 궁금해 한다. 누군가를 먼저 미워하기보다 내가 먼저 변화하기를. 누군가를 탓하기보다, 내가 먼저 반성해보기를. 마지막으로 속초의 낙산사에 적혀 있던 『법구경』 한 구절을 읽어주고 싶다.

모든 일은 마음이 근본이다. 마음에서 나와 마음으로 이루어진다. 나쁜 마음을 가지고 말하거나 행동하면 괴로움이 그를 따른다. 수레바퀴가 소의 발자국을 따르듯이.

집안일은 최대한 미루자

엄마는 늘 말했다.

"어휴, 저거 시집이나 가겠나?"

자취한 지 여러 해가 지났지만, 여전히 미루기 쉽고, 하기 어려운 게 집안일이다. 살림에 젬병인 내가 자취하면서 가장 어려웠던 건 집안일이었다.

요리는 내가 가장 좋아하는 집안일 중 하나다. 그렇지만 빨래를 하거나 빨래를 너는 일은 너무나도 싫다. 막 나온 빨래의 축축함이란…. 특히 겨울날엔 더욱 그렇다.

"선주야, 저 세탁기에 가서 빨래 다 돌아간 것 좀 꺼내 와라."

"……"

"TV 보는 척하지 말고 얼른 갖고 와."

추운 겨울날, 축축한 빨래가 살갗에 닿노라면 안 그래도 추운데

소름이 끼쳤다. 뒤 베란다에 있던 세탁기는 냉장고인지 세탁기인지 분간이 안 갔다. 엄마는 볕이 잘 드는 앞 베란다에 주로 빨래를 널었다. 뒤 베란다에 있는 세탁기에서 빨래를 꺼내 가져가는 건 나와 동생 몫이었다.

얼마 전 친한 언니와 카페에서 수다를 떨던 중이었다. 곧 결혼을 앞둔 언니는 예비신랑에 대한 자랑을 늘어놓았다. 그는 매일 빨래를 돌린다고 했다. 빨래를 싫어하는 나는 그가 신과 같은 존재로 비춰졌다.

"빨래를 매일 돌린다고? 매일? 실화입니까?"

토끼눈을 하고 쳐다보는 내게 언니는 웃으며 말했다. 자기도 나와 같은 마음이라고. 그래도 결혼하면 남편이 다 해줄 테니 자신은 편할 거라고 했다. 그때 나는 결심했다.

'앞으로 내 이상형은 빨래 해주는 남자로 정해야겠다.'

그렇다. 집안일을 좋아하는 사람이 아니라면 힘든 일일 수밖에 없다. 그러나 집안일을 '일'로만 생각하면 노동일 테고, 즐거운 행위로 인식하면 놀이가 될 것이다.

설거지를 할 때 엄마는 항상 라디오를 틀어놓곤 했다. 어릴 땐 '저걸 과연 듣고 계시기는 한 걸까?' 하며 내가 켜놓은 TV 소리가 잘 들리지 않아서 짜증이 났다. 그런데 지금 와서는 이해가 간다. 설거지를 할 때 라디오를 켜 놓으면 설거지가 훨씬 빨리 끝나는 기분이라는 것을. 특히 코믹한 라디오를 들으며 설거지를 하다보면 웃으면서 즐겁게 할 수 있다. 어느 날엔가는 라디오가 너무 재밌어서 설거지가 일찍 끝나는 게 아쉬울 정도였다.

나는 세탁기를 돌릴 때 보통 홈트(홈트레이닝)를 한다. 시간적으로도 적당하다. 양이 적은 빨래는 30분, 양이 많으면 1시간 넘게 소요된다. 그 시간 동안 홈트를 하거나, 신나는 음악을 틀고 춤을 추고 있노라면 어느새 빨래는 끝나 있다. 빨래가 돌아가는 동안 운동을 한 탓에 땀에 젖은 상태로 빨래를 널고, 곧장 샤워를 하러 들어간다. 그러면 하루 운동도 끝! 집안일도 끝! 꿩 먹고 알 먹고, 도랑치고 가재 잡고다.

무언가를 할 때 음악을 듣게 되면 그 즐거움은 배가 된다. 운동할 때, 산책할 때, 버스를 탈 때, 기차를 탈 때, 요리할 때 모두 마찬가지다. 라디오든 내가 즐거울 수 있는 무엇이든 함께할 때면 싫었던 일도 좋아질 수 있다. 어느 날 유튜브로 인도음악을 듣던 중, 웃긴 댓글을 발견했다.

'이 음악 틀어놓고 카레 만들어 봄. 진심 인도 카레 맛 남. 완전 맛있음.'

친구에게 이 이야기를 해주니 자기는 국악을 틀어놓고 갈비찜을 만들어 봐야겠다며 웃었다. 볶음밥을 만들 때 차이나 느낌의 노래를 틀게 되면, 이연복 셰프 못지않은 요리가 탄생되는 건 아닐까 생각했다.

음악을 듣고 있다 해서 집안일이 항상 즐거운 건 아니다. 어쩔 수 없이 해야 될 때가 있다. 특히 퇴근하고 녹초가 된 후 억지로 집안 일을 해야 할 땐, 죽을 맛이다. 집에 오자마자 벌렁 눕고 싶기만 하다. 그러나 내일 당장 입을 팬티 한 장, 양말 한 짝이 없을 땐 무조건 해야만 한다.

혼자 살면서 피할 수 없는 일을 최대한 즐기며 할 것인가, 스트레스 받아가며 할 것인가는 선택하기 나름이다. 가끔 엄청 미뤘다가 한꺼번에 하고 나면 묵은 때가 씻겨나간 듯 시원한 기분도 든다. 그러나 그것도 계속 반복되면 미루는 게 일상다반사가 돼버리니 주의해야 한다.

사람마다 집안일을 하는 스타일은 천차만별이다. 나의 경우 평일엔 일하고 주말엔 힐링하자! 라는 주의다. 따라서 집안일을 조금씩이라도 평일에 해놓는다. 미룰 경우 주말에 소중한 휴식시간을 투자해야 하므로. 덕분에 주말에 제대로 쉴 수 있다. 한 친구는 주말마다 집안일로 스트레스 아닌 스트레스를 받는다. 평일에 미리 좀 해놓는 게 어떻겠냐 잔소리처럼 말해도 한번 굳어버린 습관은 고쳐지지 않는다. 집안일이나 시험공부나 마찬가지다. 미리미리 조금씩 예습한 사람은 시험 치기 직전 고통이 덜하다. 그러나 벼락치기였던 나는 시험 치기 며칠 전부터 밤샘을 했고, 그때마다 최상의 컨디션을 유지하기가 힘들었다. 전자든 후자든 선택하기에 달렸다. 그러나 쉬는 날 제대로 쉬어주는 것은 평소에 좋은 컨디션을 유지하는 데 큰 영향을 준다.

제대로 집에서 쉼을 즐기는 사람들을 관찰해보면 집안일을 미루지 않고 그때그때 해결한다. 먹고 나면 바로 치우기, 바로 설거지하기, 눈에 보이는 머리카락 돌돌이로 밀기 등등. 그렇게 해야 깔끔한 집을 유지할 수 있고, 그런 집에서 더욱 오래 있고 싶기 마련이다.

얼마 전 술을 많이 마시고 숙취가 심해 며칠 동안 집안일을 하지 못했다. 그러다보니 옷은 이리저리 널려있고 머리카락은 바닥에 나뒹굴고, 빨래는 산더미 같았다. 지저분한 방을 둘러보니 잠시도 더 있고 싶지 않았다. 얼마 전 택시기사님께서 내게 해준 이야기가 기억난다.

"미뤄서 좋은 거는, 오래 놔둬서 좋은 거는 된장이랑 고추장밖에 없는 거여. 알았지, 아가씨?"

그 말에 전적으로 동의한다. 그러니 집안일이 두려운 자여, 두려움을 즐거움으로 바꿔보고, 두렵지 않으려면 제때제때 행하기를! 그것이 바로 진정한 힐링, 쉼을 위한 길이 아닐까 한다.

고데기를
켜놓고 외출하자

친구와 루프탑에 있는 온천 수영장에 놀러 가기로 한 날. 아침부터 들뜬 우리는 한껏 치장을 하고, 신이 났다. 얼른 가서 사진 100만 장을 찍고 싶은 생각에 아이라인도 진하게! 마스카라는 기본 두 번 덧칠해 주고!

거리를 걸으며~ 가벼운~ 맘으로 누군가를 만날 수 있는 이 거리~ 사랑스런 그대에게 말을 걸며 오늘만큼은 나와 함께 걷자고~

신명나게 '샹젤리제'를 부르며 하남 스타필드로 향하고 있었다. 그런데 갑자기 뭔가 찝찝한 기분이 드는 거다. 친구 또한 똑같이 그 기분을 느꼈나보다. 여자의 촉은 무시할 수 없는 법.

"혹시 우리 아까 온수매트랑 고데기 껐나?"

"안 끄고 온 거 같지 않나?"

순간 긴 침묵이 흘렀다. 하남 스타필드에서 온종일 있을 예정이었던 우리는 돌아가기에도 먼 길이었다. 게다가 친구 H의 이야기를 듣고 난 후, 내 얼굴은 백짓장처럼 하얘졌다.

친구의 지인 중 한 명이 고데기를 끄지 않고 출근했다가, 원룸 건물에 불이 옮겨 붙었다고 한다. 다행히 인명피해는 없었으나, 건물에 대한 피해 보상금액으로 1억을 떠안게 됐다는 사연이었다.

근근이 월급 받아 월세를 지불하고, 쥐꼬리만큼 저축하고 나면 남은 생활은 할부로 살아가는 인생이었다. 그러한 삶을 사는 우리에게 1억이란 공포 그 자체였다. 어떻게 할까? 이리저리 머리를 굴렸다. 처음에는 친구 지인에게 부탁했으나, 그 분 또한 멀리 나가 있는 상황이었다. 우리는 같은 건물에 있는 미용실에도 전화하고, 1층에 있는 부동산 사장님에게도 전화를 드렸다. 민폐 중의 민폐였지만 어찌하겠는가. 내 머릿속에서 활활 타고 있는 건물 때문에 부끄러움 따위는 안중에도 없었다.

다행히 인심 좋으신 부동산 사장님께서 직접 집으로 들어가 버튼을 꺼주셨다. 예감대로 온수매트까지 켜져 있었던 상황이었다. 나는 반성에 반성을 거듭했다. 그 이후로 강박이 생겼다. 집을 나가기 전 무조건 두세 번씩 확인하는 버릇이 생겼다.

한국소비자원에 따르면 최근 5년간(2014~2018년) 소비자위해감시시스템에 접수된 고데기 관련 위해사례는 총 755건으로, 매년 130여건 이상 접수되고 있다. 고데기로 인한 위해사례를 사고발생 유형별로 분석한 결과, '열에 의한 화상'이 562건(74.4%)으로 가장 많았고, '화재·폭발' 115건(15.2%) 등으로 나타났다.

고데기는 특히 조금만 켜놓아도 금방 뜨거워진다. 고데기에 살짝이라도 데여본 경험이 있는 사람을 알 것이다. 온수매트나 헤어드라이기, 핸드폰 충전기 등 여러 전기제품과 함께라면 그 위험은 더욱 커지기 마련이다.

자취하면서 가장 주의해야 할 점은 뭘까? 단언컨대 '불'이다.

몇 년 전에도 깜빡하고 인덕션(전기레인지)을 끄지 않고 외출했다가, 큰 화재를 일으킬 뻔했다. 인덕션을 켜놓은 채, 2시간 정도 외출했다 들어왔더니 방 안이 연기로 자욱했다. 조금만 더 늦게 들어왔어도, 불은 온 건물로 퍼져 큰 피해를 입힐 뻔했다. 나 또한 1억 빚을 고스란히 떠안을 뻔했다. 생각만 해도 아찔하다. 그 와중에도 2시간만 외출한 것은 불행 중 다행이라 생각됐다.

얼마 전, 치과 근처인 은명초등학교에서 큰 화재가 났다. 다행히, 아이들이 하교하고 난 뒤라 큰 인명피해는 없었지만, 교사 2명이 연기 흡입으로 인해 병원으로 실려 갔다. 퇴근할 때 직접 건물을 보니, 외관이 새카맣게 다 타 있었다. 오래 걸려 지은 커다란 학교 건물이 다 타버리는 것은 순식간이었다.

엄마는 항상 불에 예민하셨다. 잠깐이라도 외출할라치면 가스레인지를 비롯한 전기코드, 선풍기, 에어컨 등 전열 기구를 확인하고서야 나갔다. 그때는 이해할 수 없었다. '대충 나가면 되지. 엄마는 왜 저렇게까지 하는 걸까?'라고 생각했다. 그런데 살아보니, 겪어보니 알겠다. 엄마의 행동 하나하나에는 삶의 지혜가 들어 있었다는 것을.

자취를 결코 안일하게 생각해서는 안 된다. 너무도 일상적이라 사소하게 생각했던 일이 우리의 목숨을 앗아가기도 하고 살리기도 한다. 자신의 생명뿐만 아니라 타인의 생명도 귀하게 여길 줄 아는 사람만이 혼자 살 자격이 있다.

이번 장에서는 혼자 살면 안 되는 이유 7가지에 대하여 살펴봤다. 그러나 이것은 혼자 살아도 되는 이유이기도 하다. 자취는 누구나 할 수 있으며 누구나 도전할 수 있는 삶이다. 단지 '준비'와 '준비된 마음가짐'이 필요할 뿐이다. 가령 준비가 덜 되었다 해도, 마음가짐이 충분하다면 그걸로 됐다. 어려운 모험에서 우리는 많은 것을 얻을 수 있다.

Episode.4

저절로 되는 결혼수업, 자취

홈트레이닝으로 15kg 감량하기

커다란 전신거울. 거울 속에는 수십 명의 사람들이 앉아 있다.

'저 사람은 정말 날씬하네. 타고난 걸 거야.'

'우와. 레깅스 진짜 잘 어울린다.'

'그래도 나랑 비슷한 사람이 있네? 다행이다.'

그동안 다녔던 필라테스, 플라잉 요가, 방송 댄스 강습 현장에서의 내 모습이다. 일단 센터에 나가게 되면 운동보다는 타인을 의식하기 마련이다. 거울에 비치는 수많은 사람들을 의식하다 보면 운동에 집중력이 떨어질 수밖에 없다. 혹시 눈이 마주치기라도 하면 불편하기 짝이 없다. 더군다나 자존감이 낮았던 나는 습관처럼 누군가와 나 자신을 비교하곤 했다.

지금은 홈트의 시대다. 홈트는 홈 트레이닝(Home Training)의 줄임말로 '집에서 하는 운동'을 일컫는 말이다. 홈트족은 집에서 운동하는 사람들을 일컫는 신조어인데, '족'이라는 단어가 붙을 만큼 홈트가 트렌드가 되었음을 알 수 있다. 돈과 시간이 부족한 사람들에게는 가성비 최고의 운동이라 할 수 있다.

하지만 홈트를 어디서 어떻게 시작해야 할지 모르는 사람들도 많다. 유튜브라는 매체는 이 과제를 아주 쉽게 해결해준다. 요즘 같이 유튜브가 명성을 떨치기 이전에는 '이소라 다이어트'와 같은 비디오가 전부였다. 그게 아니면 직접 나가서 운동하는 방식이 다였다. 요즘 사람들에게 '비디오'라는 말 자체가 아주 어색하게 느껴질 정도로 시대는 많이 변화했다.

148cm키에 57kg를 찍었던 그날을 나는 선명하게 기억한다. 먹는 걸로 마음의 허기를 달래려고 애를 썼던 날들이 있었다. 가슴이 뻥 뚫린 것 같은 공허함을 매일같이 음식으로 달랬다. 퇴근길은 늘 검은 비닐봉지와 함께였다. 비닐봉지 안에는 빨간 떡볶이, 순대, 튀김, 핫도그 등으로 가득 차 있었다. 그 결과 몸무게는 비정상적으로 늘어났다. 뼈는 얇은데 지방은 불어만 갔고, 손목과 허리에 파스를 붙이지 않은 곳이 없었다. 위장 기능도 당연히 떨어졌다. 먹고 난 후 더부룩함은 다음날까지 이어졌고, 바로 눕는 탓에 역류성 식도염이 늘 나를 따라다녔다. 얼굴은 항상 퉁퉁 부어있었다. 이대로는 안 되겠다 싶었다.

그 당시에도 플라잉 요가를 배우고 있었다. 그러나 센터에 가는 순간 누군가와 비교하는 내 모습은 마음의 허기를 더해줄 뿐이었다. 딱 붙는 요가복은 키 크고 날씬한 사람이나 입는 거라 생각했다. 나는 타고날 때부터 이런 사람이라며 자신을 합리화하고 틀 속에 가두었다.

누군가와 함께 살게 되면 야식이나 주전부리를 먹기가 쉬워진다. 고시텔에 살 때도 마찬가지였다. 친구들과 밤에 나가서 무언가를 먹는 날이 많았다. 덕분에 고시텔 멤버 모두가 살이 쪘다. 심심하면 공용부엌에서 만나 라면이라도 끓여먹었다. 신나긴 했지만, 몇 개월 만에 변해버린 서로의 모습에 놀라고, 그래도 멈출 수 없는 식욕에 또 한 번 놀랐다.

선릉에서 홀로 자취하던 친구 S는 올해부터 대학동기 K와 함께 자취를 시작했다. 둘은 밤마다 무언가를 먹었고, 평생 마른 몸을 자랑하던 S는 살이 쪘다. 천천히 먹는 습관이 있던 친구는 함께 살면서 빨리 먹는 K의 습관을 따라가게 됐다. 둘은 같이 살면서 행복해졌지만, 이제는 정말 살을 빼야겠다는 생각이 들었다고 한다. 1년 동안 5kg 넘게 체중이 증가한 두 친구는 다음 주부터 수영을 배우러 다닌다고 한다.

성향에 따라 다르겠지만, 나는 혼자 운동을 해야 훨씬 효과가 좋다. 누군가와 함께 운동할 때면 내 몸에 집중하기보다 상대방에 집중하게 된다. 아무리 오랜 시간 운동한다 해도, 집중하지 않으면 확실히 효과가 적다. 내가 다듬고 싶은 부위에 집중해서 운동하다 보면 그 부위에 힘이 들어가게 되고 자연스레 효과를 볼 수 있다.

이 모든 점을 충족할 수 있는 운동이 바로 홈트다. 오로지 나 자신에게만 집중할 수 있는 시간. 요즘은 훌륭한 트레이너들이 많다. 특히 유튜브로 특급강사의 수업을 무료로 시청할 수 있다. 이 얼마나 감사한 일인가? 거기다 초보자, 중급자, 상급자 별로 나뉘어져 있어 원하는 대로 배울 수 있다. 또한 10분 안에 강하게 운동하는 것, 30분 동안 중, 저 강도로 운동하는 것과 같이 시간대도 나눠져 있다. 나의 경우 야간진료가 있는 날에는 10분 운동을 선택한다. 집에 돌아오면 밤 10시가 다 되기 때문이다. 진료가 일찍 끝나거나 오프 날에는 30~50분짜리 동영상으로 운동을 한다. 환경과 시간에 따라 운동을 선택할 수 있다는 건 행운이다.

"이 팔 아픔. 조금만 견디면 소매 없는 옷 입으실 수 있습니다."

'이소라 다이어트' 동영상 중 멘트다. 어렸을 때부터 팔이 굵어 민소매 한 번 못 입어본 나는 기필코 민소매를 입고 말리라 다짐했다. 저 멘트를 수도 없이 들으며 2018년 7월에는 나도! 드디어 민소매를 입었다. 그때의 쾌감은 이루 말할 수가 없었다.

나를 이렇게 만든 건 식단도 한 몫 했지만, 홈트의 공이 크다. 동영상은 수도 없이 많기 때문에 질릴 염려도 없다. 오늘 상체운동을 했으면 내일은 하체운동 위주의 영상을 봐준다. 비록 영상 속 트레이너라 해도, 실제로 같이 힘들어하며 힘내라는 트레이너들이 많다. 마치 일대일 PT를 받는 기분이다. 이 고급스런 수업을 무료로 들을 수 있으니 다시 한 번 감사! 실제로 댓글에는 많은 사람들이 감사를 표한다. 이걸 보면 같이 운동하는 사람들이 많다는 생각에 힘이 난다. 동지들이 많아진 기분이랄까? 운동하다 보면 웃긴 댓글들을 발견하게 된다. 앞에서 말한 '이소라의 팔운동' 영상에서도 피식 하게 되는 댓글들이 많았다.

"처음엔 죽고 싶었는데, 한 4일째 되니까 그냥 죽고 싶네요."

"한 세트 더 할게요~ 했는데 네? 하고 대답함."

'티파니의 허리운동' 영상에서도 웃긴 댓글이 더러 있었다.

"이거 할 때 팔 휘젓는 동작에 내가 오랑우탄 같이 느껴짐."

"왜 머리끈 안 묶고 하는지 알겠다. 머리끈 날아감."

"힘들다가도 허리 돌리는 부분에서 가수 빙의해서 완전 돌려버림."

'ㅋㅋㅋㅋㅋㅋ'라는 표현이 절로 나오는 댓글들이다. 힘든 건 누구나 마찬가지인가보다 하면서 동질감을 느낀다.

나는 여전히 친구들에게 홈트를 전파 중이다. 친구들에게 각자 필요해 보이는 운동으로 선별해 여러 링크를 보내준다. 하지만 정말 중요한 건 실행이다. 동영상 수십 개를 저장만 해놓고서는 아무것도 변하지 않는다. 단 10분이라도 투자해보는 건 어떨까? 홈트는 무조건 끈기와 인내심을 필요로 한다. 그리고 실행은 필수다!

한 지인의 결혼식에 갔던 날, 신부는 언제나 그랬듯 아름다웠다. 그런데 얇은 드레스의 레이스들이 서로 줄타기를 하듯 아슬아슬했다. 레이스 그물 사이로 삐져나온 신부의 맨살을 보며, 많은 생각이 들었다. 그때는 나 또한 중등도 비만에 속했다. 훗날 인생의 단 한 번뿐인 나의 결혼식 사진을 보았을 때, 과연 나는 어떤 모습으로 남겨지는 게 좋을까? 당연히 좀 더 건강미 있고, 예쁘게 찍힌 웨딩사진을 간직하고 싶다는 생각이 들었다. 그래서인지 결혼하기 전, 많은 사람들이 다이어트를 한다. 단 하루뿐인 그날을 위해! 더 아름답게 보이고 싶은 여자의 마음은 모두가 같은가보다.

혼자 있는 시간을 운동에 투자한 후로 많은 걸 얻었다. 건강을 얻음과 동시에 마음 건강까지 덤으로 얻은 것이다. 예전엔 상상조차 하지 못할 일이었지만, 지금은 웨딩드레스를 입은 내 모습을 상상하면 행복해진다. 모델 이소라는 이런 말을 했다.

"인생은 다이어트 전과 후로 나뉜다."

시도해보기 전엔 결코 알지 못했다. 이 말에 콧방귀를 뀌던 나 이 선주였으니까. 그러나 이제는 충분히 알고도 남는다. 우리 모두가 홈트의 매력에 빠져 건강과 아름다움을 동시에 챙겼으면 하는 마음이다. 나의 젊은 날을 가장 예쁘고 건강한 모습으로 기억할 수 있었으면 한다. 젊음은 결코 영원하지 않기에.

귀차니즘이 발동할 때,
5분 만에 청소 끝내기

저녁 7시 10분. 퇴근해서 집에 돌아온 시간이다.

'집이 왜 이렇게 어질러져 있지? 왜 이렇게 너저분하지? 도둑이라도 왔다 간 건가?'

분명히 며칠 전에 대청소를 한 기억이 있는데, 정말 도둑이라도 든 건가? 하지만 그 도둑의 정체는 바로 나였다.

'허물 벗기'라는 말을 들어본 적이 있을 것이다. 곤충이 번데기에서 껍질을 까고 나오듯, 밖에서 집으로 돌아온 나는 허물 벗듯 옷을 바닥에 내팽개쳐둔다. 스타킹은 러그 위에 살포시, 치마와 니트는 침대 위에 툭! 하루 종일 귀에 매달려있던 귀걸이는 책상에 한쪽, 바닥에 한쪽. 그러다보니 아침마다 귀걸이 찾는 일은 일과가 됐다. 누구나 한 번쯤 청소 미스테리를 겪어본 적이 있을 거다. 분명히 청소를 했는데, 며칠도 안 돼 더러워진 집을 보면 그런 생각이 든다.

혼자 살게 되면 특히 '귀차니즘 병'에 노출되기가 쉽다. 누구 하나 지적할 사람이 없기 때문이다. 그러나 귀차니즘 병 환자에게도 그에 걸맞는 청소방법은 존재한다. 아무리 귀찮아도, 기관지에 쌓인 먼지가 우리 건강을 해치게 놔둘 수는 없는 법.

보통은 부직포 먼지 제거 티슈로 대부분을 활용한다. 창틀에 낀 먼지도 몇 번 왔다 갔다 하면 금세 깨끗해져있다. 예전에는 물티슈를 많이 사용했다. 그러나 몇 년 전 물티슈를 사용해 청소를 하면 먼지가 더 발생한다는 연구결과를 접하고 난 후에는 잘 사용하지 않게 됐다. 바닥청소는 일단 부직포 티슈로 슥슥 기어 다니면서 큰 먼지들을 닦아낸다. 특히 드라이기를 쓴 후 바닥에 널린 머리카락을 제거하는 데도 최고다. 바닥을 기어 다니다 보면 평소에 보이지 않았던 먼지들이 속속들이 보이기 시작한다. 큰 먼지만 제거하려 티슈를 들었는데, 바닥과 가까이 하게 되면서 구석구석 청소를 할 수 있는 이득도 있다. 이 부직포 티슈만 이용해도 5분 만에 웬만한 청소는 완료가 된다!

큰 먼지와 머리카락들이 사라지면 걸레를 빤다. 오래 쓴 수건을 반으로 잘라 사용하면 굳이 걸레를 따로 사지 않아도 된다. 그러고선 빡빡 문질러주면 바닥 청소 끝! 분명히 말하지만 나는 귀차니즘에 대처하는 청소법을 알려주고 있다. 훨씬 더 깔끔하게 청소하는 사람들도 분명 많을 것이다.

특히 방충망이나 창문 같은 경우, 청소를 자주 하지도 않을 뿐더러 일일이 먼지를 제거하기가 힘들다. 그럴 경우에 집에 있는 생수통을 이용한다. 생수통 바깥에 헌 스타킹을 둘둘 감싸준다. 스타킹으로 방충망이나 커튼을 여러 번 훑어준다. 스타킹은 부직포티슈와 같은 효과를 낸다. 한 번 해보면 얼마나 많은 먼지가 커튼과 방충망에 있는지 실감케 된다.

화장실 청소의 경우, 처음에는 솔을 이용한 청소가 대부분이었으나, 지금은 해진 때밀이 장갑을 이용한다. 여기서 말하는 때밀이 장갑이란 우리 머릿속에 각인된 그 초록색 때밀이! 기본 때밀이를 말한다. 손으로 직접 닦는 느낌이라 상대적으로 깔끔한 느낌도 있고, 실제로 솔보다 움직이기가 쉽다. 세면대에는 특히 물때가 많이 낀다. 이럴 때 해진 때밀이 장갑을 손에 끼고 치약이나 세제를 묻혀 슥슥 문질러 주기만 하면 물때 완전소멸. 어째 자취하고 나서 잔머리만 더 늘어만 가는지? 스스로 의문이 들 때가 있다.

"자, 집들이 선물! 자취방 필수템이라 할 수 있지."

라며 친구가 내민 것은 다름 아닌 베이킹소다. 매번 세제를 짜서 쓰던 내게는 신박한 아이템으로 다가왔다. 세제를 쓸 때는 낭비하는 기분이었는데, 베이킹소다를 쓰니 절약되는 기분이었다. 은혜로운 베이킹소다의 양에 다시 한 번 감탄했다.

특히 세제를 계속해서 짜서 쓰는 경우, 몇 번 눌러쓰지도 않았는데 세제는 금세 바닥을 드러낸다. 나도 모르게 세게 누른 경우 어마어마한 양의 세제가 흘러나온다. 아까워서 악! 소리가 그냥 나온다. 어떤 분은 분무기에 세제 반, 물 반을 해서 쓰는 경우를 봤다. 세제 값도 아끼면서 거품도 많이 나고 일석이조라 했다.

5분 청소는 우리에게 어떤 의미가 있을까? 청소하는 시간은 적다. 그러나 일단 우리를 움직이게 한다. 별 거 아니라 생각할 수 있지만, 청소를 시작하려고 창문을 여는 행위 자체가 의미 있는 행동이다. 창문을 열면 그동안 케케묵은 먼지와 공기가 나가고, 상쾌한 바람이 들어온다. 이불 속에 가만히 있을 때를 상상해보자. 가만히 있으면 있을수록 더더욱 움직이기가 싫어진다. 그러나 조금이라도 움직이는 순간, 몸과 정신이 깨어나는 기분이다. 청소를 시작한 순간, 더 깨끗이 청소하고 싶은 마음이 자연스레 들게 됨은 물론, 청소가 끝난 후 방을 바라보면 뿌듯함이 벅차오른다.

청소에는 방 청소는 물론이거니와 마음 청소의 뜻도 내재되어있다. 사소한 움직임으로 시작한 청소는 신체활동이 원활해짐과 동시에 마음까지 상쾌하게 만든다. 『돈 정리의 마법』의 저자 이치이 아이는 이렇게 말했다.

> 몸을 바로 잡으면 건강이라는 에너지가 채워지고, 방을 정리하면 공간의 에너지가 채워지고, 지갑을 정리하면 돈이라는 에너지가 채워진다.

청소 또한 정리와 같다. 우리 마음이 어지러울 때도 마음의 정리를 한다고 표현한다. 방 청소든 마음의 청소든 청소 자체는 중요한 의미를 지녔다. 그에 담긴 큰 뜻은 작은 행동 또한 게을리하지 않음을 의미한다.

결혼한 후 청소 문제로 다투는 커플을 정말 많이도 봤다. 양말을 아무 데나 던져놓는다는 형부, 세상에서 빨래가 제일 싫다는 친한 언니, 설거지할 때 이리저리 물을 다 뿌려놓는다던 또 다른 형부…. 사소하면서도 가장 기본적인 게 청소라 생각한다. 이왕이면 나는 부지런한 신부가 되고 싶다.

어릴 적 엄마는 말 그대로 현모양처였다. 하루 종일 청소하고 화분에 물을 주고 매일 환기를 시켜 집안에 바람이 통하게 했다. 덕분에 항상 맑고 상쾌한 집에서 살 수 있었지만, 그런 엄마를 보며 대단하다고 생각했다. 아무런 보상 없이 어떻게 매일 저럴까? 매일 무릎이 쑤시다 하면서도 왜 멈추지 않는 걸까? 너무 바쁘기만 한 엄마가 안쓰럽기도 하고 동경의 대상이기도 했다. 이제는 알 것 같다. 나의 작은 노력이 행복이라는 보상으로 돌아온다는 걸.

혼자 살게 되면서 엄마만큼은 아니더라도 꽤 부지런해졌다고 생각한다. 처음엔 어쩔 수 없이 하는 청소였다면, 지금은 즐긴다. 자취를 하며 어쩔 수 없이 시작한 5분 청소는 습관이 됐다. 엄마의 모습이 이제는 내 모습이 된 걸까. 어릴 적 내게 잔소리하던 아빠에게 이제는 당당히 대답할 수 있게 됐다.

"니 이래 방청소도 안하고! 귀신 나올 거 같이 살다가는 시집도 몬 간대이!"

30살의 내가 답한다.

"나도 이제 청소 잘~하그든요? 시집 갈 준비 다~됐그든요!"

우리 집이 이렇게 넓었어?

출근준비를 하던 중, 옷장 문을 열었다. 와르륵! 옷장은 꾸깃꾸깃 해진 옷들을 한 무더기 토해냈다. 입을 옷을 꺼내려 옷장을 뒤적이던 참이었다. 먼지가 한 가득 날린다.

"콜록 콜록."

미세먼지보다 내 방 옷장 먼지가 더 폐에 좋지 않을 것만 같았다. 부랴부랴 준비하고 아침을 먹으려 부엌에 갔다. 아, 설거지는 왜 또 산더미 같은가. 귀찮아서 밖에서 사먹어야지 한다. 마지막으로 양말을 신으려 서랍을 열었다. 찾을 때는 절대 없는 검정양말. 옆을 돌아보니 수북이 쌓인 빨래더미가 눈에 띈다. 나 빨래 안 한 지 얼마나 됐지?

평소에는 조금씩 정리를 하며 사는 나지만, 기분이 좋지 않을 때나 신경 쓸 일이 많을 때면 집안일을 놓아버린다. 그러다 보면 집안일은 눈덩이처럼 불어난다. 옷장을 열었을 때 옷사태가 일어난 것처럼. 쌓이면 쌓일수록 더욱 하고 싶지 않은 게 집안일이다. 이쯤 되면 4명이나 되는 식구들을 보살피고 살림살이를 도맡아 하는 엄마가 대단하다 못해 이 세상 그 어떤 위인보다 존경스럽다.

큰맘 먹고 날 잡아 정리를 시작했다.

"이 책, 다시 보지 않을까?"

"와, 이거 강릉 갔을 때 산 건데."

"사회생활 첫 걸음 뗄 때, 엄마가 선물로 사줬던 코트네."

추억이라는 이름으로 버리지 못한 것들이 수두룩했다. 예전에는 기차표나 영화표, 영수증까지 버리지 못해 책상 한 가득 쌓아 놨다. 조금 남은 화장품들도 아까워서 잘 버리지 못한 탓에 보관함은 늘 넘쳤다. 옷 또한 마찬가지. 몇 년을 입지 않은 옷임에도 불구하고, 누구에게 선물 받았다는 이유로, 추억이 있다는 이유로 쉬이 버리지 못했다.

잘 버리지 못하겠는 물건들 중 하나가 책이다. 다시 읽을 것만 같은 느낌에 쉽게 버리지 못했다. 버리지 못한 책들 중 깨끗한 책은 중고서점에 판매를 했고, 나머지는 기부하는 형식을 택했다. 생각보다 수입이 짭짤했다. 중고서점에서 번 용돈으로 다시 사고 싶은 책을 사기도 했고, 생필품을 사기도 했다. 한 번은 집에 묵혀둔 책을 다 갖다 팔았다. 그랬더니 5만원의 돈이 절로 생겼다! 용돈도 벌고, 집은 정리되고 이것이야말로 개(凱)이득이었다!

옷 또한 2년 이상 입지 않은 옷과 너덜너덜해진 옷은 다 버리기로 결심했다. 보풀이 많이 핀 옷, 입고 나가면 타임머신을 타고 왔나 착각을 일으키는 옷 등 아니다 싶은 옷은 과감하게 버렸다. 일단 옷을 버리고 나니 입을 옷이 확연히 정해졌다. 코디하기도 한결 수월했다. 좋아하는 옷들만 입게 되니 외출할 때 고민할 필요도 없었다. 어, 이 옷이 있었네? 하며 새 옷 같은 기분으로 헌 옷을 입을 수 있었다. 속옷도 너덜너덜해진 건 버렸다. 수건 또한 '땡땡 사우나', '* * 돌잔치', '별별 노동조합' 등 오래된 수건은 걸레로 사용하기로 했다.

가장 버리기 어려웠던 건, 선물 받은 옷과 같이 추억이 깃든 물건이었다. 그러나 몇 년 동안 사용하지 않은 물건은 다시 사용할 확률이 거의 없었다. 시간은 많이 흘렀고, 이제 더 이상 그 물건을 사용할 일은 없다. 추억은 사진과 편지, 일기 등으로 충분하다.

서울로 올라올 때, 사회인이 됐다고 축하하는 의미로 엄마가 코트를 사주셨다. 망토 같은 모습에 황토색을 띤 귀여운 코트였다. 그러나 그 코트는 이제 서른 살인 내가 입기엔 어울리지 않았다. 오래 입은 탓에 코트는 보풀로 뒤덮여 있었다. 그 옷은 의류수거함에 보내졌다. 코트를 떠나보낼 때는 옷에 진지한 마음을 실었다. 내가 코트를 받았을 때 느낀 행복한 감정을, 혹여 입게 될 사람은 두 배로 받게 됐으면 좋겠다고. 지금까지 따뜻하게 해줘서 고마웠다고.

물건들을 하나하나 떠나보내고 나니 속이 후련했다. 그러자 집이 이렇게 넓었나? 싶을 정도로 여유로운 공간이 생겼다. 버리기를 시작한 이후로 물건에 대한 집착도 사라졌다. 집착이 사라진 만큼 물건을 사지 않게 됐다. 불필요한 물건들로 가득했던 내 방이 필요한 물건들로만 채워지자, 이상하리만치 마음이 개운해졌다. 정리정돈은 '버리는' 연습이 가장 먼저다. 물건에 대한 집착은 더 삶을 피곤하게 만들 뿐이다. 잘 정리되어 필요한 물건만 있는 방과, 자질구레한 물건들로 가득 찬 방을 보았을 때 후자를 더 좋게 보는 사람은 없을 것이다.

"선생님, 여기 ISQ(임플란트 뼈 수치 재는 기구) 좀 주세요!"

원장님이 다급하게 소리쳤다. 분명히 아까 본 것 같은데 사라지고 없었다. 귀신이 곡할 노릇이었다. 정리가 안 된 치과 테이블은 어수선했다. 아무렇게나 널린 물건들 사이 한참을 뒤적인 후에야 찾을 수 있었다. 당연히 쓴 소리를 면치 못한 날이었다. 집에서는 내가 답답하면 그만이지만, 직장에서는 정리정돈이 되어있지 않으면 일에 영향을 끼친다.

명절을 앞둔 어느 날, 우리 치과에선 모든 서랍과 소독실을 정리했다. 시작 전에는 분명 귀찮은 게 컸지만, 하고 나니 세상 뿌듯한 건 우리 직원들이었다. 그 후로는 무언가 찾느라 허둥지둥 대지 않게 됐다. 집이든 직장이든 다네이치 쇼가쿠의 책 제목대로 『정리만 했을 뿐인데, 마음이 편안해졌다』를 경험한 순간들이었다.

처음에 언급했듯, 감정이 흐트러지면 무의식적으로 주위를 어지럽히게 된다. 환경은 마음을 나타내는 거울과 같기 때문이다. 지저분한 환경에서는 더욱 움직이기 싫고 무기력해진다. 이는 환경이 감정을 지배함을 의미한다. 내 감정이 무의식적으로 환경에 영향을 끼쳐 방이 더럽혀지는 것처럼, 환경 또한 감정에 영향을 미친다.

방은 진정한 쉼을 위한 곳이고 내면을 채우는 곳이다. 따라서 방이 어수선하다면 내 마음상태를 먼저 돌아본 후 정리를 실천에 옮기는 것이 좋다. 단 10분이라도 움직인다면, 내가 머무르는 공간이 깨끗해짐과 동시에 내 마음 또한 쾌적해지기 마련이다.

마음과 환경은 늘 함께한다. 또한 물건 정리뿐만 아니라 나쁜 감정, 주변의 나쁜 사람들, 나쁜 기운을 정리한다는 것 또한 환경을 정리하는 방법이다. 가장 편안해야 할 내 방을 정리하는 습관을 들이는 것. 편안한 공간 속에서 편안한 마음으로 쉬는 것이 실로 진정한 행복이 아닐까.

낮에는 카페 사장으로,
밤에는 Bar 사장으로

마음을 간질이는 4월의 어느 날, 창문을 열었다. 봄바람이 살랑였고, 커피 한 잔이 간절했다. 그렇게 나만의 홈 카페를 오픈했다. 유리잔에 냉동실에서 갓 꺼낸 얼음을 가득 채웠다. 얼음과 유리잔이 맞부딪히는 소리가 마치 실로폰 같았다. 뜨겁게 끓인 커피를 먼저 붓고, 위에는 고소한 우유를 천천히 부어주었다. 우유는 천천히 갈색 커피 속을 스며들기 시작했다. 보기 좋은 황토색으로 변한 아이스라떼. 얼른 한 모금 삼키고 싶은 마음이지만, 사진을 한 장 찍어 남겨두기로 했다. 봄바람을 맞으며 마시는 커피는 과연 꿀맛이었다.

홈 카페는 1인 가구들 사이에서 열풍이라 해도 과언이 아니다. 홈 카페는 누구나 쉽게 자기 집에서 오픈할 수 있다. 커피중독자인 나는 단 하루도 커피 없는 삶을 상상해본 적이 없다. 누군가는 커피가 몸에 좋지 않다고 말하지만, 먹지 않고 스트레스를 받는 것보다 낫다고 생각한다.

직접 만든 아이스라떼 옆에는 원목으로 만든 독서대가 있다. 독서대 위에는 분홍색 표지로 만들어진 소설 『파리는 언제나 사랑』이 놓여 있다. 제목만큼이나 마음을 설레게 하는 데 충분하다. 마치 봄바람을 타고 내게 온 것만 같은 소설이다. 파리에서 만난 그들의 사랑이 내게 온전히 전해지는 것 같다.

홈 카페의 장점은 비용이 적게 든다는 것이다. 밖에 나가서 사 먹게 되면 커피 맛이야 뛰어나다 할지라도 그만큼의 값을 지불해야 한다. 커피 한 잔, 디저트 하나라도 같이 먹는 경우엔 만 원 가까이, 그 이상인 경우도 많다.

내가 대학생이었던 2012년 때만 해도, 카페는 사실상 낯선 곳이었다. 아니 사치스러운 곳이라 표현하는 게 더 맞을지도 모른다. 나는 경상남도 진주에서 가장 시골스러운(?) 곳에서 학교를 다녔다. 기숙사 앞으로는 논밭이 펼쳐져 있었고, 기숙사 뒤로는 산이었다. 공기는 청정했으나 신문물들을 접하기엔 적합하지 않은 곳이었다. 서울에도 막 '카페베네'가 생기기 시작한 때였다. 처음에 스타벅스를 접했을 때에는 '와~커피 한 잔에 5천 원? 밥값보다 비싸네. 저런 걸 왜 사먹지?' 했지만 지금은 카페 사장님들의 사랑을 나는 한 몸에 받고 있다. 그러나 아무리 카페를 좋아한다 한들, 매일 갈 수는 없는 노릇. 덕분에 쉬는 날에는 카페를 가고, 출근길이나 집에 있을 경우 홈 카페를 자주 애용하게 됐다.

'거품나라 커피공주 만나러 구름 타고 슝 나의 키스로만 그댈 깨울 수 있죠.'

커피소년의 '카푸치노'라는 노래인데, 듣자마자 커피 한 잔 하고 싶어지는 노래다. 커피공주는 어떤 모습을 하고 있을까 궁금하다. 내 상상 속의 커피공주는 우유거품 가득한 욕조 안에서 가무잡잡한 얼굴을 한 채, 행복한 표정으로 눈을 감고 있을 것만 같다.

일단 내가 만든 아이스라테의 가격은 1,500원도 안 되는 가격이다. 믹스 블랙커피 1포와 우유 200ml 한 팩이면 끝! 만드는 과정도 심플하지만, 가격까지 심플하다. 흔히 우리가 카페에서 볼 수 있는 우유의 결을 잘 살리려면 일단 커피를 뜨겁게 끓여야 한다. 그래야 찬 우유를 부을 때 두 액체의 온도 차로 인해 각자의 층이 잘 생기기 때문이다. 보기 좋은 떡이 맛도 좋다고 예쁘게 만들어진 커피는 맛 또한 기가 막히다. 기분 탓인지는 모르겠지만.

인터넷에 검색만 해봐도 홈 카페에 대한 정보는 넘쳐난다. 커피뿐만 아니라 다양한 음료들을 이제는 집에서 접할 수 있다. 따뜻하거나 찬 커피에 어울리는 디저트 또한 먹어주는 게 진정한 커피 애인(愛人)이다.

가장 즐겨먹는 디저트 중 하나는 제철 과일 토스트다. 여름에는 가장 좋아하는 과일 중 하나인 복숭아로 토스트를 만든다. 특히나 노란 빛을 띤 천도복숭아 토스트는 그 맛이 일품이다. 고소 담백한

호밀빵을 프라이팬 또는 토스터에 구워준다. 바삭해진 토스트 위에 크림치즈를 듬뿍 펴 발라준다. 천도복숭아를 반달모양으로 얇게 썰거나 또는 깍둑썰기를 한 뒤 살포시 얹어주기만 하면 끝! 이 아니라 꿀까지 뿌려준다면 금상첨화. 맛이 없을 수가 없다.

한동안 이 복숭아 토스트의 매력에서 빠져나오질 못했다. 천도복숭아뿐 아니라 백도복숭아를 이용해도 된다. 천도복숭아의 경우 아삭하게 씹히는 맛이 일품이고 백도는 부드럽고 좀 더 달달한 맛을 뽐낸다. 여기에 쌉싸름한 아메리카노를 더하면 둘의 궁합은 말할 것 없이 100%, 아니 200%다.

커피를 좋아하지 않는 사람은 제철과일을 이용한 에이드를 만들어 먹으면 좋다. 특히 과일로 잼을 만들어 놓으면 빵에도 발라먹을 수 있고, 탄산수만 넣으면 바로 에이드로 탄생. 나 또한 겨울을 대표하는 과일 중 하나인 딸기를 사용했다. 딸기는 맛도 좋지만 유용한 과일이다. 잼을 만들어 발라먹기도 좋고, 탄산수를 넣으면 에이드가 되고, 우유를 넣으면 딸기 라떼가 완성된다. 자기가 좋아하는 과일들을 이용하면 여러 방면으로 먹을 수 있으니 영하 18도의 추운 날에 굳이 카페까지 가지 않아도 되는 이점이 있다.

「나 혼자 산다」에 나와서 알려진, 알 사람은 다 아는 '나래바'. 우리도 이름만 갖다 붙이면 충분히 바든 카페든 오픈할 수 있다. 낮에는 카페로 밤에는 바로 변환하는 내 방. 낮 동안은 창문 가까이 좋아하는 화분을 두고, 노트북으로 음악을 튼다. 좋아하는 원피스로 갈아입고 카페에 온 기분을 느껴본다. 찰칵 찰칵! 하며 사진을 찍어도 눈치 주는 사람은 없다. 여기서는 내가 사장이자 손님이니까.

밤이 오면 전등을 모두 끈다. 무드등이나 캔들을 켤 때도 있지만, 클럽 기분을 내고 싶을 때는 미러볼을 이용한다. 가장 좋아하는 잠옷을 입은 후 보들보들한 수면양말을 신는다. 부엌으로 가 다크 초콜릿과 과일치즈를 원목접시에 정갈히 담는다. 와인 잔에 새빨간 샹그리아를 따른 후 파인애플 몇 조각, 청포도 몇 알을 넣어준다. 귤도 몇 알 추가해 주면 몇 배 더 상큼해진 샹그리아를 느낄 수 있다.

자신의 행복을 중요시하고 현재를 즐기는 사람을 뜻하는 '욜로(YOLO)' 열풍에 이어 이제는 한 발 더 나아가 '나 홀로'와 '욜로'의 합성어인 '횰로' 트렌드가 주목받을 전망이라 한다. YOLO~YOLO~ 처음에는 그 단어가 무엇인지 관심도 없었다. 그러나 지금의 나는 '횰로'의 삶을 완벽하게 살고 있는 중이다. 햇볕을 방석 삼고 책 한 권은 수다 떠는 친구로 삼고, 커피 한 모금 마셔주면 나는 참으로 풍요로운 삶을 살고 있구나 싶다.

'팬츠드렁크'라는 말이 있다. 얼마 전에는 책으로 나와 이슈가 되기도 했다. 이 말은 세계에서 가장 행복한 나라 핀란드에서 유래된 말이다. 진정한 휴식을 뜻하기도 하는 이 단어는 아무 데도 나가지 않고 오로지 집에서 속옷차림으로 술을 마시는 행위를 뜻한다. 아무에게도 방해받지 않는 곳에서 모든 스트레스를 내려놓고 가장 편안한 상태를 즐기는 것. 핀란드 사람들이 가장 행복한 이유는 어쩌면 이 팬츠드렁크를 가장 잘 적용하고 있기 때문인지도 모른다.

우리나라는 이제야 혼술, 혼밥, 혼커 등이 자리 잡고 있는 추세다. 몇 년 전만 해도 혼자 무언가를 한다는 것은 부정적인 이미지가 강했다. 외로움이 큰 사람일 것이라 생각하거나, 사회생활에 적응을 못하는 사람 등 혼자 있고 싶어 하는 사람은 뭔가 특이한 사람일 거라 여겨졌다.

그러나 혼자만의 시간에서 여유를 찾고 편안한 시간을 갖는 핀란드 사람들처럼, 자신만의 공간에서 아무 눈치도 보지 않고, 편안하게 자유를 누리는 것. 그것이야말로 진정한 자유가 아닐까 하는 생각이 든다. 직장에서나 친구들, 가족들 사이에서 이미 충분히 에너지를 소진한 우리에겐, 집에 있는 시간만이라도 자신을 재충전할 시간이 필요하다. 홈 카페에서든 홈 바에서든 가장 편안한 마음을 갖고 온전한 휴식을 취하다 보면 먹는 즐거움도 있지만, 무엇보다 마음이 즐거워질 것이다.

나는 내 이름을 따서 'JJUYA CAFE&BAR(쭈야 카페&바)'로 이름을 지었다. 내 이름을 붙이니 더욱 소중한 공간으로 자리 잡았다. 낮에는 카페 사장, 밤에는 바 사장으로! 가게 두 개를 가진 기분이다. 때로 소중한 사람을 나만의 카페로 초대한다. 내가 만들어준 커피와 디저트를 맛있게 먹는 사람들을 보면 함께 행복해진다. 행복은 함께할 때 더 빛이 나기 마련이니까.

백종원 요리보다
내 요리가 맛있는 이유?

야간자율학습을 마치고 돌아온 날 밤. 도무지 배가 고파 잠이 오질 않았다. 한참을 뒤척이다 결국 부엌으로 향한 나의 발걸음 앞엔 엄마의 '돼지목살 김치찌개'가 있었다. 시간은 밤 12시. 도둑고양이 마냥 슬금슬금 부엌으로 들어가 냄비 뚜껑을 열고 고기 한 점을 건져먹었다. 꿀맛이었다. 거기다 밥숟가락으로 새큼한 국물 한 숟갈 떠 입에 넣었다. 고기를 씹으면 깊게 우려진 김칫국물이 육즙과 함께 어우러졌다. 배가 차고 찰 때까지 퍼 먹었다. 아침에 일어나 냄비뚜껑을 연 엄마는 밤새 국물이 왜 이렇게 졸아 있냐며 놀라곤 했다.

한국인이라면 누구나 김치찌개를 사랑한다. 어릴 적부터 만만하게 보던 요리라 당연히 맛있을 거라 기대했다. 내가 도전한 첫 김치찌개는 기름 둥둥, 물은 한강이고, 네 맛인지 내 맛인지 모를 음식이 탄생하고야 말았다. 분명히 블로그를 찾아보고 백종원 레시피도 따라 해 봤지만 영~ 모를 맛이 나는 거다. 엄마는 어떻게 그토록 깊은 맛을 낸 걸까?

명절 때 나는 엄마를 도우러 부엌에 들어갔다가 재료를 다 태워 먹기 일쑤였다. 게다가 뜨거운 기름을 엄마 손에 튀긴 탓에 엄마는 내게 부엌 출입금지령을 내렸다. TV나 보는 게 도와주는 거라 하시면서. 그때부터 나는 요리에 소질이 없는 줄 알았다. 처음엔 인스턴트 요리로 모든 것을 해결했으나, 그것도 아주 질렸다. 속도 더부룩한데다 집밥다운 집밥이 먹고 싶어 요리에 도전하게 됐지만, 처음이라 쉽지 않았다.

엄마와 같은 요리 솜씨는 당연히 많은 시간을 필요로 한다. 국이나 찌개 같은 경우에는 특히나 내공을 필요로 하기 때문에 간단한 것부터 시작하는 지혜가 필요하다. 1인 가구의 경우 국이나 찌개를 하게 되면 재료값이 더 들고, 버리게 될 때가 많아 사실 자주 해 먹기는 부담이 된다. 한 번 끓일 찌개재료만 샀을 뿐인데 2만 원을 넘긴 적이 부지기수다.

나는 간단한 요리를 추구하는 사람이다. 때문에 금방 만들 수 있는 요리를 주로 해먹는다. 계란 두 개를 풀어 시중에 파는 게맛살을 넣어주고 소금, 후추로 조금 간을 해준 다음 지단을 굽는다. 미리 구워놓은 식빵 사이에 지단과 치즈, 치커리, 칠리소스(좋아하는 소스로 대체 가능)로 마무리해주면 게살치커리 샌드위치 완성. 샌드

위치 종류는 정말 무궁무진하다. 좋아하는 재료와 야채들로 구성하고 거기서 소스나 양념만 살짝 바꿔주면 또 다른 매력을 느끼기에 충분하다.

매번 요리를 해 먹을 수만 있다면 좋겠지만 그러기엔 너무 바쁘다. 간단하면서도 건강을 챙길 수 있는 식사가 필요하다. 재료를 사 놓고도 다 먹지 못하고 버리는 경우가 허다하다. 특히 야근을 하거나, 늦게까지 공부하는 이들의 경우 밖에서 먹게 되는 경우가 흔하기 때문이다. 그래서 야채를 샀을 때도 이왕이면 좀 더 오래 먹을 수 있게 락앤락과 같은 통에 보관해 두는 게 좋다. 장을 보러 갔을 때도 다음엔 어떤 요리를 할지 미리 생각해 두면 버리는 양을 훨씬 줄일 수 있다.

아침 메뉴로 가장 많이 먹었던 건 바나나와 마, 두유를 넣고 갈아 만든 '마나나주스'다. 일단 만들기 간편하고 마 자체가 생각보다 커서 여러 번 나눠먹을 수 있는 장점이 있다. 특히 마는 위장기능을 향상시키고 여자에게는 대하증에 효험이 있다고 한다. 여기다 꿀까지 넣어주면 당뇨병에 좋다고도 알려져 있다. 건강도 챙기고 맛도 좋은 마나나주스, 아침으로 강추!

마나나주스의 경우 바나나 한 송이, 마 한 뿌리 사면 족히 일주일은 먹는다. 두유는 유통기한이 길어 오래 먹을 수 있는 장점이 있다. 식빵의 경우 실온에 두면 빨리 상하므로 며칠은 상온에 두고 남은 기한은 냉동실에 보관해뒀다가 그때그때 꺼내서 구워먹는다. 야채도 한꺼번에 많은 종류를 사지 않고 파프리카 두 개 묶음, 브로콜리 한 묶음 등 다음 요리를 해먹을 것을 정해놓고 구매한다. 나보다 훨씬 알뜰살뜰히 자취하시는 고수님들이 많을 거라 생각하지만, 나의 노하우를 최대한 나누고자 하는 마음에서 공유한다.

마지막으로 자취 레시피 중 최고의 비법을 말하고자 한다. 요리하는 거야 반복적으로 하다보면 어느 순간 솜씨가 늘어있다. 무엇이든 그렇지 않겠는가. 허나 이 요리를 더 맛있게 만들기도 하고, 맛있던 요리를 한순간 짜거나 맛이 없는 요리로 전락하게 만드는 요술이 하나 있다. 그것은 바로 '마음'이다.

「인간극장」을 보던 중이었다. 국물 한 순갈을 떠드시던 스님께서 말씀하셨다.

"보살님, 오늘 안 좋은 일이 있으셨던가 봅니다."

"스님, 그걸 어떻게 아셨습니까? 사실 오늘 아침에 남편과 다툼이 있었습니다."

"평소와는 다른 맛이 확연하게 느껴집니다. 보살님 음식은 늘 맛있는데, 오늘은 확실히 다름이 느껴졌습니다."

사찰행사로 인해 밥을 짓던 보살은 좋지 않은 감정을 고스란히 담고 음식을 만들게 됐다. 그 감정이 음식에 그대로 전해지게 됐다. 음식이 되었든 커피가 되었든 부정적인 감정을 담고 만들면 확실히 맛이 변하게 된다. 나의 경우도 나를 위해 정성스레 요리할 때와 짜증이 나서 대충 만들 때 음식 맛은 확연한 차이를 보인다. 파리 날리는 가게를 가보면 그 이유를 짐작할 수 있다. 일단 불친절할 확률이 높다. "냅킨은 어디 있나요?"라는 당연한 물음에도 "냅킨 저희는 따로 없어요"라거나 "휴, 갖다 드릴게요"라는 등 불만스런 응대를 한다. 그러한 태도는 음식에도 고스란히 전해지기 마련이다.

흔히 '엄마가 해준 음식이 최고다'라고 생각하는 이유는 무엇일까? 그건 바로 가족 사랑이라는 조미료를 듬뿍 담았기 때문일 것이다. 혼자 살아가며 수고하는 나에게도 건강하고 사랑이 가득 담긴 식사는 필수다. 사랑이라는 마음 한 스푼에 정성이라는 노력 한 스푼을 더하면 그것이 바로 산해진미 부럽지 않은 요리를 탄생시키는 최고의 비법이다. 혼자 먹는다고 해서 대충 때워버리는 건 나를 사랑하지 않는 일과 같다. 이왕 혼자 먹을 거, 맛있게! 건강하게! 행복하게 먹어야 한다.

이것저것 혼자 살며 간단한 요리라도 해먹기 시작하자, 자연스레 요리 실력이 늘었다. 덕분에 주변 사람들에게 이런 칭찬을 듣기도 한다.

"이야, 밥솥에 밥 하나 못하던 이선주가 이제는 주부인 내보다 낫네?"

이제는 나를 위한 요리를 넘어, 내가 사랑하는 사람들을 위한 요리를 하고 싶다는 생각이 커진다. 그래서 나는 상상한다. 내가 사랑하는 사람에게 요리를 해주고, 내가 사랑하는 사람은 내가 해주는 음식을 먹고 행복해하는 모습을…. 어떤 재료로 어떻게 만들었는가가 아니라 그 사람을 위한 사랑과 정성이 얼마나 들어갔느냐, 그게 바로 진정한 레시피이지 않을까.

남 따라하지 말고
나만의 인테리어를 해보자

꿈꿔왔던 3층 원룸으로 이사 오던 날. 처음부터 애착이 갔던 집이라 그 어떤 때보다 정성스레 꾸미고 싶었다. 하여, 원룸 인테리어와 관련한 모든 자료들을 검색하기 시작했다. 와! 다들 어찌나 예쁘게들 꾸미고 사는지. 남의 집 구경만 하다가 한 시간을 훌쩍 넘겼다. 그런데 정작 우리 집은 어떻게 꾸며야 하지…?

'일단 창문이 크니까 뭐라도 달긴 달아야 하는데….'

암막 커튼, 쉬폰 커튼, 우드 블라인드, 패브릭 블라인드…. 종류가 하도 많아 결정 장애를 불러일으켰다. 결국 나의 선택은 남의 집 인테리어에서 눈에 띄던 회색 블라인드였다. 블라인드는 진회색으로 설치되었고, 침대 또한 어느 예쁜 집에서 눈에 띄던 침대로 선택! 남들이 좋다는 거, 남들 취향에 따라 내 첫 인테리어는 완성되었다.

차콜색 패브릭 블라인드와 화이트 원목침대, 튼튼하기만 한 수납함 여러 개…. 그런데 이상하게도 어울리지가 않았다. 당연했다. 내 취향이 아닌 남의 취향대로 골라 인테리어를 한 탓이었다.

『정리만 했을 뿐인데, 마음이 편안해졌다』의 저자 다네이치 쇼가쿠는 '내가 좋아하는 것이 즐거운 공간을 만드는 비결입니다'라고 전했다. 어떤 인테리어가 유행이라서, 유명한 사람이 쓰는 물건이니까, 다른 사람들도 다 이걸 샀으니까, 하며 타인의 취향으로 인테리어를 한다. 그렇게 해놓은 인테리어가 내 맘에 들 리 없다. 하지만 여기는 다른 사람의 집이 아니고 내가 사는 내 집이다.

쇼가쿠는 어느 지인의 집을 방문해 죽통 같은 물건이 있는 것을 보고 왜 이걸 뒀느냐 물었다. 돈이 들어온다고 하여 들여놓았다 했다. 허나 실제로 돈이 들어오는지는 모르겠다며 하소연했고, 심지어 발에 걸려 넘어지는 일이 허다했다고 한다. 일단 발에 걸리는 순간부터 좋지 않은 감정이 발생한다. 그게 몇 번이고 반복되면 좋지 않은 감정이 물건에 고스란히 쌓인다. 그렇게 되면 아무리 좋은 기운을 가지고 있다 할지라도 나쁜 기운으로 변하는 것은 시간문제다.

나를 기분 좋게 하는 것들이 무엇인지 생각해 보는 게 좋다. 나는 꽃을 무척이나 좋아해서 꽃병에 꽃을 자주 꽂아둔다. 매번 꽃을 살 순 없으니 잘 말려서 걸어두면 말 그대로 드라이플라워 인테리어가 된다. 집에서 몸을 움직일 때마다 걸려 있는 꽃들을 바라보면 잠깐이나마 미소가 지어진다. 예쁜 꽃을 봄으로써 기분이 절로 좋아지는 효과가 있다.

내 마음에 들어야 진정한 '내 집 인테리어'다. 남의 기준에 맞춰 인테리어 해놓은 집에 있다 보면, 불편한 마음이 들기 마련이다. 예를 들면 나는 화이트와 원목으로 이루어진 곳에서 안정감을 느낀다. 그런데 어두운 인테리어가 한창 유행이었던 적이 있다. 지금도 어두운 느낌의 인테리어를 좋아하는 사람들이 있다. 가령 진회색 커튼에 네이비 색 침구류를 놓는다던지, 검정색 벽지로 도배를 하고 조명으로 포인트를 준다던지 하는 인테리어다. 처음 봤을 때는 나도 무작정 따라하고 싶었다. 그래서 진회색 블라인드를 달았다. 전체적으로 어울리지 않는 탓도 있지만, 역시 나는 밝은 색에서 편안함을 느낀다는 것을 알게 됐다. 지금은 밝은 아이보리 색 커튼으로 바꿔달았다. 침구 또한 따뜻한 베이지색을 한 체크무늬의 이불로 바꿔 깔았다. 거기다 원목 책상을 배치했더니 정말 잘 어울리고 내 맘에 드는 인테리어로 탈바꿈했다. 전에는 집에 오기 싫은 기분이 들곤 했는데, 내 마음에 들게 바꾸고 나니 확실히 집에 있는 시간이 많아졌다.

인테리어를 하게 되면 비용이 제법 많이 든다. 따라서 사회초년생과 취준생의 경우 인테리어는 꿈조차 꾸지 못하기도 한다. 그럴 땐 '정리'만으로도 충분한 인테리어가 된다. 나는 옷을 무척이나 좋아한다. 고시텔에 살 때 가장 불편했던 점이 코딱지만 한 옷장이었다. 더군다나 옷을 잘 버리지 못하는 탓에 내 짐 중 옷이 90%를 차지하다시피 했다.

원룸으로 이사한 첫날, 원룸에 설치되어 있던 옷장도 만만치 않게 미니멀했다. 어쩔 수 없이 눈물을 머금고 수십 벌의 옷을 버렸다. 나머지 옷들은 색깔 별로 행거에 걸었다. 확실히 버릴 옷은 버리고, 색깔 별로 정리해 놓으니 보기에도 좋았다.

"우와, 색깔 별로 정리 잘 해놨네? 쇼핑몰 온 거 같아."

친구들을 초대했더니 잘 정리된 옷장을 보고 친구들이 제일 먼저 한 말이다. 옷장도 그렇지만 앞서 말한 것처럼 주방용품도 같은 색으로 통일했다. 그리고 서랍이 있는 침대를 구매해 평소 잘 쓰지 않는 물건은 모두 집어넣었다. 색깔을 통일하고 정리하는 것만으로도 집이 매우 깔끔해 보였다. 아무리 인테리어가 좋다 한들 물건이 여기저기 널려 있다면 무슨 소용인가.

미니멀 라이프가 대세라고들 한다. 그러나 사람마다 다르다. 오래된 물건들 속에서 행복을 느끼는 사람이 있는 반면, 황량하리만치 물건이 없을 때 평온함을 느끼는 사람이 있다. 결국 사람마다 기준이 다르기 때문에 무조건 미니멀 라이프가 답은 아닌 것 같다. 정답은 나 자신에게 있다. 다른 사람이 아닌, 내가 가장 편안하게 느끼는 분위기에 기준을 맞추면 된다.

나의 경우 어릴 적부터 인형을 매우 좋아했다. 지금도 카카오프렌즈의 라이언 인형, 복숭아랑 꼭 닮은 어피치 쿠션, 유니콘 인형

등이 내 방을 차지하고 있다. 처음엔 너무 많은 인형을 꺼내놨더니 침대가 무지 좁은 거다. 거기다 밤에는 여러 개의 인형이 날 쳐다보고 있다 생각하니 좀 무서웠다. 낮에는 귀엽기만 한 인형인데 밤에는 왜 이렇게 무서워지는지?

지금은 계절에 따라 분리해서 인테리어에 활용한다. 겨울에는 산타 모자를 쓴 라이언을 꺼내놓고, 여름에는 레몬색 몸통에 분홍색 갈기를 가진 유니콘 인형을 꺼내놓는다. 이름도 붙여줬다. 그의 이름은 '유니코니'다. 유니콘 전설에 의하면 사악한 힘을 막아주고 그 어떤 질병도 고칠 수 있단다. 나는 가끔, 이렇게 미신에 의지하기도 한다.

계절 따라 마음 따라 상황 따라! 그냥 내가 하고 싶은 대로 내 집을 꾸미는 것. 그게 바로 가장 좋은 공간을 만드는 방법인 것 같다. 부모님과 함께 사는 집도 마찬가지다. 내 방은 내 마음대로 꾸몄을 때 가장 좋다. 어린 시절이 떠오른다. 한참 유행이었던 책상과 서랍세트를 부모님께서는 그대로 내 방에 옮겨놓았다. 내 의견이 들어가는 대신 부모님의 유행을 의식한 인테리어였다. 침구류 또한 트위티라는 병아리 캐릭터로 깔게 됐다. 나는 미키를 좋아하는데…. 핑크 팬더였으면 더 좋았을 걸.

지금은 내 마음대로 꾸밀 수 있는 공간이 있어서 어찌나 감사한지! 가장 편안한 내 공간. 슬프고 화가 치밀어 오르는 날, 날 가장 편안하게 해주는 공간은 바로 내가 있는 이곳이다. 지금 쓰고 있는 이 글도 앞에서 언급한 원목 책상에서 쓰고 있다.

사람은 가장 편안한 마음일 때, 좋아하는 일을 가장 잘 할 수 있다고 한다. 바로 지금, 내가 그렇다. 남 눈치 보지 말고, 타인의 취향에 얽매이지 말고, 내 스타일대로 밀고 나가자. 내가 가장 편하게 느낄 때, 그게 나와 가장 잘 맞는 인테리어라 말하고 싶다.

Episode.5

결혼하기 전에 한 번은 혼자 살아보길 잘했다

내 공간을 사랑할 때
비로소 찾아오는 것들

거의 매일같이 밖으로 나를 불러내는 친구가 있다. 친구는 집에 들어가기가 싫다고 했다. 이유인즉 어차피 월세방이고 자기 집이 아니라 정이 안 간단다.

"내 집도 아닌데 뭐."

그 친구가 늘 입에 달고 살던 말이었다. 그래서인지 집은 항상 방치해두었다. 더군다나 밖에서 지내는 시간이 많아지면서 돈을 많이 쓸 수밖에 없었다. 가끔 친구 집에 들를 때면 왠지 모를 냉기가 느껴졌다. 좀처럼 집에 있지 않아서인지 사람의 온기가 느껴지지 않았다.

처음 이사 왔을 때다. 어떻게 꾸밀지 별 관심도 없었다. 그냥 짐만 대충 정리해뒀다. 그러고는 인테리어라고 말하기도 민망할 정도로 아무렇게나 꾸며놓았다. 친구 말마따나 내 집도 아닌데 뭐,

라는 생각이었다. 그리고 처음 이곳으로 이사 왔을 때는 힘에 부친 일들 때문에 힘든 시기였다. 초반에는 이곳에서 많이 울었다. 밝은 날보다는 어두운 날들이 훨씬 더 많았다. 공간은 사람을 닮는다 했던가. 계속해서 슬픈 에너지만 쏟아내니, 이 공간도 닮아가는 듯 보였다. 퇴근하고 돌아오면 무언가 모를 무거운 분위기에 짓눌린 기분이었다.

공간 에너지라는 것이 실제로 존재하는 것 같다. 예를 들면 바다나 산 같은 자연 속으로 갔을 때 우리는 청량감을 느낀다. 산속 사찰에 가면 고요함과 평안함이 느껴진다. 공간은 저마다의 형상을 띠고 있다. 내 공간은 나를 가장 많이 품고 있는 곳이며, 나를 가장 닮아 있는 곳이기도 하다. 공간에는 유통기한이 있다고 한다. 공간의 유통기한이 짧아지는 이유는 무엇일까?

나도 처음에는 집이 싫었다. 한참 힘들었을 시기에 이사를 했기 때문에 집에서도 좋지 않은 감정을 품고 있었다. 집에서 한 일은 내 인생 한탄하기, 하염없이 울기, 예민함과 짜증 등이었다. 여행을 가면 보통은 집이 그립기 마련이지만, 나는 집에 돌아온 지 며칠 되지 않아 다른 여행지를 검색했다. 집 자체가 무거운 감정을 가득 품고 있어 장시간 집에 머무는 게 힘들었던 것 같다.

『운을 만드는 집』의 저자 신기율은 이렇게 말한다.

집은 가장 편안하고 안락한 공간이어야 한다. 하지만, 때론 그렇지 못할 때가 있다. 불편하고 답답한 기운이 느껴진다면 무언가 변화가 필요한 때. 공간에도 보이지 않는 에너지가 있고, 에너지가 바닥나면 다시 채워주어야 한다. 공간에 새로운 에너지를 충전하는 방법은 무엇이 있을까? 외부세계와 밀폐되어진 공간 말고, 바깥 공기와의 순환도 고려한 자연친화적인 공간 활용이 새로운 생명을 불어 넣을 수 있다.

사람은 모두 고유한 에너지 장을 갖고 있다. 에너지 장이란 그가 가진 의식과 무의식이 만들어 놓은 세계다. 에너지 장이 낮은 사람은 부정적인 에너지로 휩싸여 있다고 볼 수 있다. 사람을 두고 봤을 때, 어떤 사람은 항상 좋은 일만 일어나고, 어떤 사람은 늘 사건에 휘말리게 된다. 우리는 짜증만 내고 불평을 하는 사람을 만나면 '기가 빨린다'는 표현을 쓴다. "아, 나 오랜만에 걔 만나고 왔는데 진-짜 기 빨려. 걔만 만나면 피곤해" 하는 경우를 살면서 몇 번은 겪어봤을 것이다.

사람 고유의 에너지 장은 공간에도 영향을 미친다. 좋지 않은 감정들이 해소되지 않고 쌓이고 쌓였을 때 그 공간의 에너지는 힘을 모두 잃게 된다. 그래서 음의 기운으로 점차 가득 차게 되고, 집에 머물러도 편하지가 않다. 아무리 거처를 옮기고 싶어도 여러 환경 때문에 그러지 못하는 경우가 더 많다. 금전 문제 때문에, 개인적인 이유 때문에 쉽게 이사 하기는 사실 힘들다. 그래서 필요한 행동이 '공간의 유통기한' 늘리기다.

사람은 공간에 에너지를 미치고, 또 그 공간은 사람에게 에너지를 미친다. 이 사실은 무얼 의미하는 걸까? 사람이 변하면, 그 공간도 변할 수 있다는 것이다. 일단 공간에 감사하는 마음을 무한하게 가지는 것부터가 시작이다. 나 또한 이 공간에 존재함에 감사하기 시작했을 때 많은 것들이 변했다. 예를 들자면 이런 식이었다.

'이 집에 사는 거 자체가 행운이지. 내가 고시텔 살았을 때를 생각해 봐. 정말 감사합니다.'

'햇빛 최고! 감사합니다. 여기 이곳에 존재할 수 있게 해주셔서요.'

'3평에서 6평이라니! 두 배나 넓은 곳으로 왔네. 나는 진짜 복 받았다. 내가 원하는 대로 다 이루어지네. 감사합니다!'

그렇게 감사에 감사를 더하다 보니 집이 자연스레 좋아졌다. 집이 좋아지다 보니 인테리어에도 관심을 갖게 되고, 예쁜 나만의 놀이터가 탄생됐다. 글로 쓰다 보니 오글거리는 면이 있지만 실제로 나는 집을 나설 때 집과 인사를 나눈다. 집을 나설 때면 "최고 좋은 우리 집, 다녀올게!"라고 인사를 한다. 말로 표현하다 보면 집에 대한 애정은 더욱 커진다. 지금도 이 공간에 앉아 글을 쓸 수 있다는 자체가 매우 행복하다. 감사는 공간의 유통기한을 늘릴 수 있는 강력한 방법 중 하나이다.

모든 물질에는 감정이 있다. 집 또한 우리가 내뱉은 말을 고스란히 받아들인다. 그렇기 때문에 그 사람에 따라 공간이 좌지우지 되는 것이다. 내 에너지 장을 높여 공간의 기운을 높게 만드는 것 중 또 다른 하나는 2장에서 언급했던 명상이다. 하루에 5분씩이라도 아침과 취침 전 명상을 해서 기운을 맑게 하는 것이 바로 그것이다.

나를 사랑하면 내 공간이 보이기 시작한다. 내 공간에게 마음을 주면 공간 또한 나에게 진정한 휴식을 선물한다. 진정한 휴식은 살아가는 힘을 얻게 해주고, 그 힘은 또다시 다른 사람에게 전해줄 수 있다.

나는 여전히 내 집이 좋다. 앞으로 언제까지 이곳에 머물지 모르지만, 있는 동안만큼은 내 공간을 사랑할 것이다. 이곳에 머문 사랑이 다음 주인에게까지 영향을 미치기를, 그리하여 이 방에 사는 누군가가 내가 사랑으로 채운 에너지를 받았으면 좋겠다. 그리고 다음, 그 다음에 올 사람에게까지 좋은 에너지가 전해졌으면 하는 마음이다. 이런 게 바로 '행복의 사슬'이 아닐까.

나를 얼마나 아껴주나요?

시끄러운 잡음이 또 한 번 머리에서 울린다. 매번 잡음에 잠식당하고 마는 나. 잡음들은 끊임없이 나를 괴롭힌다. 끝없는 어둠 속으로 몰아넣는다. 편두통이 온다. 숨쉬기가 힘들다. 위가 조여 오는 것만 같다. 두려움과 불안, 고통, 이 모든 것이 한꺼번에 몰려온다.

"왜? 나 왜 이렇게 살지? 그거야, 내가 못났으니까. 난 키가 작고 거기다 뚱뚱해. 할 줄 아는 건 전문대에서 배운 위생사 업무 하나? 환자들이 오는 게 너무 싫고 짜증이 나. 벗어나고 싶어. 로또 당첨 좀 안되나? 내 인생 진짜 안 풀린다. 점쟁이는 나한테 돈은 타고났다고 했는데 순 엉터리, 가식적인 점쟁이 같으니라고! 왜 이렇게 우울하지? 이런 내가 너무 싫다. 난 왜 이럴까."

우리는 일생동안 나를 사랑하는 시간이 많을까, 아니면 미워하는 시간이 많을까? 보통은 후자일 것이다. 어린 시절의 나는 원하는 대로 살았다. 울고 싶으면 울고, 먹고 싶으면 먹고, 떼를 쓰고 싶으면 떼를 쓰고. 순수했던 어린이는 나를 사랑했다. 내가 너무 좋아서 내가 좋은 방향으로 행동했다. 그러나 크면서 뭐든 내 뜻대로는 되지 않는다는 사실을 알게 되었다. 내가 하고 싶은 대로만 했을 때 부모님이든 친구든 누군가에 의해, 하고 싶은 것을 포기하게 된다. 내가 사랑하는 사람들이니까, 그 사람들의 기대에 부응하기 위한 삶을 산다. 그러면서 나에 대한 사랑의 불꽃은 꺼져간다.

위에 언급한 잡음들은 몇 년 전까지도 나의 뇌 속을 헤집어놓던 주범이다. 실제로 저런 생각을 매일 했다. 하루도 빠지지 않고 말이다. 내가 싫었다. 물론 지금은 과거형이 되었지만, 이렇게 된 지 오래지 않았다. 겉으로는 활발한 척, 유쾌한 척 자존감 높은 척하는 '척쟁이'였다. 실제로는 자존감 바닥, 아니 바닥이라도 있었다면 다행일 정도였다.

자존감이란 정확히 무엇일까? 자신에 대한 존엄성이 타인들의 외적인 인정이나 칭찬에 의한 것이 아닌, 자신 내부의 성숙된 사고와 가치에 의해 얻어지는 개인의 의식을 말한다. 쉽게 말하자면 타인의 기대에 부응해 사는 게 아니라, 오롯이 내 기준에 의한 내 삶을 사는 것을 말한다. 더 쉽게 말하면 '나를 진심으로 사랑하는 것'이라 정의할 수 있겠다.

하지만 수십 년을 살아온 인생 방식을 한 방에 바꾸는 건 어렵다. 그래서 매일 매일, 차근차근한 노력이 필요하다. 가장 일차적으로는 앞 장에서 언급한 혼자만의 시간과 공간의 완벽한 확보가 필요하다. 그래야 나 자신에게 확실히 집중할 수 있기 때문이다. 살면서 우리에게 완벽하게 집중하는 시간이 얼마나 될까? 학생들의 경우 학교에서 보내는 시간이 대부분, 집에 돌아와서도 과제에 시달리는 경우가 많다. 직장인들의 경우에도 많은 시간을 직장에서 보낸 뒤 집에 와서는 스마트폰이나 TV에 대부분의 시간을 할애한다. 주부의 경우도 마찬가지다. 밀린 집안일을 하고 요리를 하다 보니, 금세 아이들이 돌아올 시간이다. 생각보다 우리는 자신에게 집중할 시간이 충분치 않다. 아주 몇 분이라도 자신에 대한 시간과 공간을 확보한다면 일단 '나 사랑하기 프로젝트'에 발을 들여놓은 것이다.

미국 사상가 겸 시인인 에머슨은 이렇게 말했다.

'온종일 생각하는 모든 것. 그게 바로 그 사람이다.'

이 한마디에는 많은 의미가 함축되어 있다. 하루 종일 하는 생각이 내 자신을 만든다는 것. 그렇기에 어떤 생각을 하느냐, 어떤 생각을 선택하느냐가 중요하다는 사실을 말해주고 있다. 곰곰이 생각해봤다. 나는 하루 종일 어떤 생각을 하고 있을까? 무언가 문제가 일어났을 때 나를 질책하는 게 일상이 되어 버리지는 않았는지? 내가 너무 싫어서 없어져 버렸으면 좋겠다는 생각을 한 적이 있나? 이 모든 물음에 나는 "YES"라고 답하는 사람이었다. 그러나 지금은 당당히 "NO"라고 말할 수 있다.

좋은 말도 기억에 남지만, 그보다 더 강하게 남는 건 상처가 되는 말이다.

"너는 왜 이렇게 애가 별나니? 좀 평범하게 행동해."

"아, 그만 좀 나대라. 진짜."

"야, 너 키가 왜 이렇게 작아? 장애는 아니지?"

"치아가 왜 그렇게 벌어졌냐?"

"네 글은 다 오글거려. 진짜 오글거려서 못 보겠다."

이 모든 말들이 내게 비수로 와서 꽂혔다. 이 말들에 베여 피를 철철 흘렸다. 의식적으로 상처를 주려 한 말들은 아닐지라도, 나는 이미 큰 상처를 받은 후였다. 내 자신이 진짜 그런 사람인 줄로 착각하며 많은 시간을 보냈다.

나에게 가장 많은 말을 해줄 수 있는 존재는 바로 나 자신이다. 365일, 24시간 함께하기 때문이다. 아침에 잠에 깨면서부터 만나는 사람은 다른 누구도 아닌 내 자신이다. 그래서 충분히 새로운 나로, 진정한 나로 변화하는 일이 가능하다. 나를 사랑하는 삶은 지금 이 순간부터 시작할 수 있다. 나에 대한 생각을 좋은 것들로 가득 채울지, 나를 갉아먹는 생각들로 채울지는 나에게 달렸다.

생각과 함께 필요한 가장 중요한 것은 바로 '행동'이다. 생각에 행동을 더하게 되면 우리는 이루지 못할 것이 없으며 더 나은 삶을 살게 된다. 원하는 내가 될 수 있다. 예를 들어 생각은 '나는 긍정적인 사람이야. 나는 지혜롭고 베풀 줄 아는 사람이야'라고 해놓고 행동은 전혀 그렇지가 않다면 소용이 없다. 부정적인 생각이 올라오려 들 때면 일단 그 상황을 인식하고 STOP! 그대로 멈춰라~

직장생활에서 혼이 난 경우 예전 같으면 '역시 나는 글러먹었지. 내가 뭘 제대로 할 수 있겠어. 덤벙거리기나 하고'라며 질책했다. 이제는 이런 생각이 올라오려 하면 바로 정지. '아, 아니지. 충분히 그럴 수 있어. 이건 더 잘하기 위한 과정일 뿐이야. 실수를 받아들이고, 다음번엔 더 잘하자. 나는 충분한 능력을 가진 사람이야!'라고 생각을 바꾼다. 처음엔 의식적인 노력이 반드시 필요하다. 습관이 되면 자연스레 생각 자체가 긍정적으로 바뀐다.

혼자만의 공간에서는 거울 속의 내게 말을 건네기도 수월하다. 고등학교 시절부터 변하지 않는 버릇이 하나 있다. 등교하기 전 또는 출근하기 전 미소 가득한 얼굴로 "오늘도 파이팅!"이라고 외치는 것이다. 집에 있을 때는 화장실 안 거울을 보며 소곤거렸다. 전혀 파이팅 넘치지 않는 목소리로. 왠지 가족들 앞에서 그런 모습을 보이기가 부끄러웠다.

나는 나를 얼마나 사랑하는 걸까? 혼자 살아보는 이 시간을 겪으며 나는 나에게 가장 큰 애정을 쏟아 부었다. 다른 무언가에 집중하기보다 나 자신을 사랑하는 데 시간을 아낌없이 투자할 수 있었던 것은 자취를 하면서부터였다. 나와 가장 많이 대면할 수밖에 없는 환경이기 때문이다.

"나는 나를 너무 사랑해. 나는 최고야. 난 많은 사람들에게 사랑받는 사람이야. 나는 늘 유쾌하지. 나는 내성적이지만 그게 가장 큰 매력이야! 말실수를 덜할 수 있는 장점이 있지. 나는 좋은 에너지로 가득 차있어. 나는 사랑스러운 사람이야. 난 정말 지혜로운 사람이야. 난 마음에 언제나 여유가 넘쳐. 다른 사람들에게도 충분히 베풀 수 있는 사람이지."

나는 이 말들을 몇 번씩 반복하고, 또 반복해서 읽고 마음에 새겼다. 그러자 문장들은 진짜 '나'가 되어 내 안에 새겨졌다. 지금도 늦지 않았다. 나를 사랑하는 연습은 바로 지금부터다.

혼자 사는 사람들이 가장 눈물날 때는?

"쾅!!!!!"

"저 가스나가 어데서 문을 세게 닫노? 다시 닫고 들어가!"

"바람 땜에 문 닫힌 거거든! 내가 그런 거 아니거든!"

누구나 방문 한 번쯤 세게 닫아본 경험이 있을 것이다. 나는 거센 사춘기를 보낸 사람 중 한 명이다. 내가 엄마였으면 정말 힘들었을 것 같다. 중학교 2학년. 중2병이라는 단어가 딱 적합했던 중학교 시절. 내가 세계 최고였고, 세상 무서울 것 하나 없었다. 부모님의 조언은 내게는 잔소리였을 뿐. 내가 알아서 한다는 말을 수백 번도 넘게 했다. 그러면 매번 돌아오는 말은 "네가 알아서 못 하니까 매번 이야기하지!"였다.

혼자 사는 사람들이 가장 눈물이 날 때는 언제일까? 바로 엄마 생각이 날 때다.

퇴근하고 차가운 공기를 가르며 집 안에 들어설 때면 "배 많이 고프지? 고생했어"라며 밥을 내오던 엄마 생각이 간절하다. 미역국 하나 못 끓여 레시피를 들여다보고 이리 저리 끓여보지만, 어떻게 하나같이 맛이 없는지…. 과일 하나 깎는 것도 힘들어서 사과는 껍질째 씹어 먹는 일이 다반사다. 특히 아플 때면 엄마 생각으로 가슴이 미어진다. 하지만 '딸이 아프면, 엄마는 열 배 더 아프다'라는 말이 생각나서 전화도 제대로 걸지 못한다. 혼자 살게 된 이후, 당연시했던 엄마의 사랑이 더욱 크게 와 닿았다. 밤이면 엄마가 무심하게 덮어주던 이불자락까지도 그리웠다.

얼마 전에는 치매 걸린 엄마의 딸 사랑이라는 내용으로 화제가 된 뉴스가 있다. 어느 날, 부산 지방 경찰청에 신고가 들어왔다. 두 개의 보따리를 든 할머니가 몇 시간째 길에서 서성인다는 내용이었다. 할머니는 계속 같은 말을 했다.

"우리 딸이 아기를 낳았어요. 이걸 전해줘야 돼요."

수소문 끝에 6시간 후 할머니는 딸이 입원한 병원에 갈 수 있었다. 할머니의 보따리 속에 든 것은 직접 끓인 미역국과 따뜻한 밥. 정신은 온전치 못해도 딸이 임신했던 사실만큼은 분명하게 기억했다. 차갑게 식은 국과 밥을 들고 온 치매 엄마를 보며 딸은 펑펑 울었다.

혼자 살게 되면서 이런 기사만 접해도 눈물이 툭 하고 떨어졌다. 다시금 나에 대한 엄마의 사랑이 더욱 크게 느껴졌다. 내가 잘 살기를 진심으로 바라는 사람 '엄마'라는 존재. 이 엄마라는 단어가 자취를 하면서부터 더욱 가슴에 내려앉았다. '엄마'라는 말만 들어도 눈가에 눈물이 맺히는 나는 불효녀이다. 가출까지는 아니더라도 못난 짓을 많이 했다. 잔소리 좀 들었다고 분노해서 소리 지르고, 엄마는 상처 한 번 안 받는 사람인 것처럼 행동했다. 말도 지지리도 안 들었다. 책 사라고 준 돈을 빼돌려서 좋아하는 가수 앨범을 사기도 하고, 다른 애들 엄마는 잘 사주는데 엄마는 용돈도 잘 안준다며 비교하고, 원망했다.

누군 야단치고 싶어서 야단치는 줄 알아? 자식을 훌륭히 키우기 위해서 어쩔 수 없이 총대를 메는 거야. 너흰 아직 어려서 엄마 마음을 모르지만, 엄마는 다 그래. 그게 바로 엄마라는 거야.

가장 좋아하는 애니메이션 중 하나인 「짱구는 못 말려」에서 짱구 엄마의 대사다.

모든 엄마들의 마음을 대변하는 대사가 아닐까 싶다. 나 또한 엄마가 되어보지 않았기에 엄마 마음을 100% 이해할 수는 없다. 그러나 혼자 살아보니, 엄마가 어떤 마음으로 내게 잔소리를 했는지, 이제는 조금 알 것 같다. 다 내가 잘 되길 바라는 마음으로 하는 말이라는 걸.

지금 나의 엄마는 나를 가슴으로 낳았다. 나를 배로 낳은 엄마는 내가 아닌 자신의 삶을 선택했다. 내 어린 시절은 그늘과 상처로 얼룩져 있었다. 친엄마에게 버림받았다는 생각으로 30년을 살았다. 이 책을 쓰기 전까지 이런 사실을 그 누구에게도 말하지 못했다. 가슴으로 날 키워준 엄마에게, 나에게 사람들이 삿대질을 할 것만 같아서였다. 그러나 가슴 속 상처를 드러낼 때에야 그 상처는 치유된다는 것을 이제는 안다. 혼자 살아보니, 짱구 엄마처럼 늘 잔소리했던 것이 그늘과 상처를 품어줄 수 있었던 '사랑' 그 자체였음을 이제는 누구보다 잘 안다. 부모님 마음은 늘 자식 걱정이 앞선다. 앞에서는 티 내지 않아도, 뒤에서 늘 우리를 지켜봐주고 있는 부모님의 마음을 지금의 나는 더욱 느낀다.

가슴 속 잔잔히 피어오르는 또 한 분. 바로 아빠다.

> 아빠는 보통의 아버지처럼 성실했으며, 다소 무뚝뚝했다. 나는 그런 아빠를 늘 보통의 가장이라고 생각했다. 그러다 사회에 나와 돈을 벌어보니, 보통의 노력으로는 보통의 가장이 될 수 없다는 걸 깨달았다. 아빠는 보통의 가장이 되기 위해 보통 이상의 노력을 한 보통의 아빠였다.

나와 이름이 같은 이선주 작가의 『문학동네 2014 겨울호』 중에 나오는 글이다. 여기서 이야기한 보통의 아버지는 우리 모두의 아버지다. 타지에서 사회생활을 겪으며 혼자 살아보니, 보통의 아버지는 결코 보통이 아닌 엄청난 노력을 하신 아버지였음을 깨달을 수 있었다.

아빠는 자신으로 인해 내가 상처받은 삶을 산다고 생각했다. 그래서 늘 내게 미안해하셨다. 아빠가 못나서 힘든 삶을 살게 해 미안하다고 하셨지만, 돌이켜보면 아빠에게 너무나도 고맙다. 우리는 한 사람의 육신을 빌려 이 세상에 태어나지만, 내가 인간 이선주로 자랄 수 있었던 것은 '가슴으로 낳은 엄마' 덕분이다. 진정한 엄마를 만나준 아빠에게 그저 고맙고, 또 고맙다. 엄마 아빠는 상대방의 영혼까지도 사랑하신다. 차를 타고 가족여행을 갈 때면 맞잡은 두 손은 운전이 끝날 때까지 놓지 않으신다. 그리고 내려서도 늘 손을 꼭 붙잡고 다닌다. 작고 오동통한 우리 엄마와 작지만 다부진 아빠의 뒷모습. 그 뒤에는 두 사람의 사랑을 고스란히 받으며 자란, 미소 짓는 내가 서 있다. 내가 결혼하게 된다면, 부모님과 같은 모습으로 늙어가고 싶다.

확실한 것은 따로 떨어져 살게 되면서 서로에 대한 소중함을 더욱 깨달았다는 거다. 함께 있을 땐 못 잡아먹어 안달이었던 부모님과 나 사이는 이제 평화를 넘어 사랑이 넘친다. 자취는 부모님에 대한 사랑을 온전히, 오롯이 느끼게 해주었다. 내게 했던 잔소리와 행동 들이 실은 나를 향한 사랑이었다는 것을 완전히 깨닫게 되는 시간이었다.

마음속에서는 수백, 수천 번도 외친 '사랑한다'는 그 말이 여전히 쉽지 않은 미운 30살. 이제는 말할 수 있다. 혼자 살아보니, 녹록치 않더라고. 그러나 그 속에서 나를 버티게 해준 건 멀리서도 느껴지는 부모님의 무한한 사랑이었다고. 아빠와 농담 따먹던 시간이 그립다. 엄마는 단물 많은 배를 깎고, 동생은 재잘재잘대던 밤이 사무치게 그립다.

나는 '어벤져스'
그 이상의 존재다

많은 이들로부터 사랑받는 영화 「어벤져스」에는 타노스라는 굉장한 캐릭터가 나온다. 어마무시한 턱과 몸통의 크기, 내가 입으면 땅바닥에 그대로 주저앉을 것만 같은 두꺼운 갑옷, 한 대 맞으면 바로 저 세상으로 갈 것만 같은 엄청난 주먹. 우주의 최고 권력자 타노스가 끼고 있는 장갑에는 6개의 스톤이 있다. 6개의 스톤으로 이루어진 타노스 장갑은 손가락 한 번만 튕겨도 우주 인구 절반이 날아갈 정도의 무시무시한 위력을 가졌다.

제대로 혼자 살기 전, 나는 내 안의 타노스, 즉 두려움에게 많은 것을 주었다. 내 안의 그는 점점 커져갔으며, 나이가 들어갈수록 내게 미치는 영향은 더욱 커졌다. 어릴 때만 해도 겁 없기로 유명한 나였다. 벌레나 곤충도 곧잘 잡았으며, 웬만한 남자애들은 다 이겨먹고 주먹싸움에서도 밀리지 않는 여자 선머슴으로 불렸다.

유치원 때까지만 해도 나는 겁이 없었다. 그러나 초등학교, 중학교, 고등학교를 거쳐 대학교를 다니면서 점점 겁이 많아지기 시작했다. 사회생활을 시작한 뒤로는 더 심해졌다. 세상에 대한 두려움은 커질 대로 커져 세상 자체가 두려움으로 변했다. 여자 혼자 살기 힘든 세상, 공부 못하면 살아가기 힘든 세상, 전문직 아니면 절대 안 된다는 세상, SNS 안 하면 이야기에 끼어들기 힘든 세상. 둘러만 봐도 힘들기만 한 세상이었다. 타인의 기대에 충족하지 못한다는 생각에 주눅 들기만 하는 나날들이었다. 집에서는 부모님의 기대, 바깥에서는 선생님, 또는 직장상사, 동료들의 기대, 남자친구의 기대, 친구들의 기대. 기대. 기대! 기대는 곧 두려움으로 변했다.

혼자 살기 시작한 초반에는 두려움이 특히나 컸다. 새벽에 자다 깼을 때, 시계는 새벽 3시를 가리키고 있다. 나이가 나이인지라, 엄마에게 전화하는 것조차 사치로 느껴질 때였다. 누군가 벽을 타고 우리 집에 침입하진 않을까. 가스관을 타고 올라와 창문을 열고 들어오진 않을까. 문득 두려움이 불거져 창문을 잠갔다. 열린 화장실 문틈으로 누가 바라보는 것 같은 느낌. 시커먼 작은 공간에서 새어져 나오는 스산한 느낌. 불안감이 엄습해 불을 확! 켜고 일어났다. 괜히 겁 없는 척하려고 아무도 없는 공간에다 소리를 질러본다.

"야, 까불지 마라. 가만히 안둔대이."

옆집 사람이 들었다면 누군가가 있다고 확신할 대화였다. 그러나 화장실엔 당연히 아무도 없었다. 그저 내가 만들어낸 불안감만이 존재할 뿐이었다. 꼭 새벽에 깬 날에는 평소에 생각도 안 나는 귀신이 생각나고, 「그것이 알고 싶다」에 나온 몇몇 장면이 스쳐간다.

처음에 서울에 왔을 때 최소 3년은 있을 생각이었다. 지금은 5년이나 오버한 8년이 돼버렸지만. 축적된 두려움은 혼자 있는 시간에 더욱 제 모습을 드러냈다. 항상 의지하는 삶을 살아온 탓이었다.

내 안의 타노스가 조금씩 잠재워지기 시작한 건, 다시 시작한 독서, 일기, 명상과 같은 행동들이었다. 그저 행하지 않아서 몰랐던 것뿐이라는 것을 행동해 보고는 알게 됐다. 영향력 있는 사람들, 자존감 높은 많은 사람들이 흔히 하는 저 세 가지를 나는 해보지 않아서 몰랐던 것이다. 혼자 있는 시간을 침대에 누워 걱정거리로 벌벌 떨기보다, 무엇이라도 행동하고 나니 자연스레 걱정과 두려움은 스러져버렸다.

그런 행위들은 나를 사랑하는 시간이었다. 타인에게 맞춰진 삶의 초점을 내게 맞추기 시작했다. 내가 편안해지기 위해 시작한 행동들은 내 영혼을 맑게 만들어주었다. 맑아진 내 영혼은 새로운 스톤 6개를 생성해냈다. 긍정적인 사고, 희망, 용기, 열정, 사랑, 나에 대한 믿음이라는 스톤. 그렇게 만들어진 스톤들은 삶에 있어 강력한 힘이 되어주었다. 내 안에 있던 거대한 두려움 '타노스'는 영화

결말과 같이 먼지처럼 사라지기 시작했다. 그제야 깨달았다. 나는 어벤져스, 그 이상의 존재라는 것을.

'마블' 시리즈 중 가장 좋아하는 캐릭터이자 영화 「캡틴 마블」에는 이런 대사가 나온다.

"난 너에게 증명할 필요가 없어."

그렇다. 나는 누구에게도 증명할 필요가 없다. 타인의 기대를 충족시켜주기 위해 살아간다는 것은 결국 내 안의 두려움을 낳는 일이다. 우리는 결코 타인을 완전히 만족시킬 수 없고, 타인의 만족도가 어느 정도인지도 모르기 때문이다.

내게 만들어진 6개의 스톤들은 삶의 각 부분에서 힘을 발휘하기 시작했다. 자취할 때뿐만 아니라 사회생활에서, 인간관계에서, 어려운 문제에 부딪힐 때마다 도움을 주었다. 결국 내 안의 타노스는 내가 만든 것일 뿐이었다. 내가 만들었기 때문에 내가 없앨 수도 있는 존재. 그러나 6개의 스톤을 곧바로 모을 수 있었던 건 아니었다. 아주 강력한 타노스조차 6개의 스톤을 다 모으기까지 엄청난 시간이 걸리지 않았던가.

우리는 통상 직장에서 보내는 시간이 가장 많다. 그리고 집에 와서는 녹초가 되기 일쑤다. 하지만, 6개의 스톤을 모으려면 혼자 있는 시간을 단 10분이라도 이용해야 한다. 침대에 바로 눕는 것보다 더 중요한 건 내 삶에 필요한 행동을 하는 것이다. 나 자신을 사랑한다면, 더 나은 삶을 살아가길 원한다면 꼭 그래야 한다.

6개의 스톤은 자신에게 필요한 것들로 모으면 된다. 자신감, 차분함, 집중력과 같은 다른 스톤들을 모아도 무방하다. 자신에게 필요한 게 뭔지 깨닫는 것부터가 시작이다. 분명 이렇게 모은 스톤들은 훗날 결혼생활에도 큰 도움이 되리라 확신한다. 결혼생활이야말로 가장 많은 지혜와 인내를 요구하는 생활이 아닌가.

내가 나로서 존재해야 배우자도 배우자로서 존재할 수 있다. 35년간 부모님과 함께 살아온 직장인 G양은 신혼생활에서 많은 고초를 겪었다. 항상 부모님이 해주시던 일을 갑자기 혼자 하려고 하니, 앞길이 막막했다. 거기다 남편에게 계속 의지하려고만 하는 자신이 잘못된 건지 알면서도 어떻게 고쳐나가야 할지 몰랐다. 집안일을 못하는 데서 오는 두려움, 혼자서는 아무것도 못하는 것 같은 죄책감, 이러다 남편에게 버림받지는 않을까 하는 두려움…. 어디서부터 어떻게 해야 할지조차 몰랐다.

계속되는 싸움의 끝에 G양은 생각했다. 내가 나로 바로 서려면 어떻게 해야 할까? 의지하지 않고 집착하지 않는 방법이 없을까? 고민을 거듭한 끝에 자신의 삶을 이제야 살아보기로 했다. 남편이 출근한 시간, 즉 혼자 있는 시간에 나를 위한 행동을 해보기로 한 것이다. 그렇게 자신을 위해 운동하고 독서하고, 명상하며 글쓰기를 하던 그녀는 비로소 느꼈다. 아, 온전히 나만을 위한 시간을 갖는 게 이런 거구나. 누군가를 위해 살지 않고, 나만을 위해 산다는 건 정말 멋진 일이구나. 그렇게 글쓰기를 거듭하던 그녀는 자신도 모르게 6개의 스톤을 모으고 있었다. 자신에 대한 사랑, 삶에 대한 열정, 자존감, 남편에 대한 사랑, 여유, 행복. 나로 온전히 서야 누군가에게도 온전히 사랑을 줄 수 있다는 걸 그녀는 깨달았다. 현재 G양은 너무나도 행복한 결혼생활을 즐기는 중이다.

원하는 사람을 만나기 위한
시크릿노트 작성법

우리 가족은 여행도 자주 갔지만, 거실에 모여 다 같이 TV를 보는 시간도 많았다. TV만 보고 조용히 있는 게 아니다. TV 속 진행자만큼이나 서로 많은 말을 한다. 우리 집은 나와 여동생 딸 둘이다. 엄마는 TV속 인물들을 보면서 나와 동생에게 사윗감을 점 찍어주고는 했다.

중학교 3학년 시절, 엄마는 내게 이런 말을 했다.

"주야, 이승기 같은 남편 데꼬 온내이."

학생회장 출신에다 노래까지 잘하고, 바른 이미지에다 싹싹하기까지 한 이승기 씨에 대한 엄마의 사랑은 무지막지했다. 이승기~ 이승기~ 노래를 불러댔다. 그러나 사람이란 모름지기 변화무쌍한 존재이지 않은가. 몇 년이 지난 후에는 그때그때 시기에 맞춰 유명한 사람들을 사위로 데리고 오라 했다. 얼마 전에는 이렇게 말했다.

"주야. 추자현 씨 남편 우효광 씨 있제? 너무 괜찮드라. 한국 여자한테 중국 남자가 그리 잘 해 준단다. 중국 남자는 어떻노?"

오메, 이제는 한국 연예인을 넘어 중국 연예인까지 사윗감으로 노리시는 우리 어무이. 우짜면 좋노? 어릴 적에는 연애의 기준이 엄마의 영향을 많이 받았다. 지금도 그 영향이 꽤 미치고 있긴 하지만. 가끔 엄마의 필터로 남자를 보게 되어 혼란스러울 때도 있었다. 연예인뿐만 아니라 일반 남자의 기준도 내 기준이 아니라 엄마의 기준으로 보게 되는 순간이 있었다. 그러나 내 기준과 엄마의 기준은 확연히 다르다. 나는 나로 존재해야 하고, 엄마 또한 엄마로 존재해야만 한다.

혼자서 종각 영풍문고에 간 적이 있다. 청계천에서 만난 커플들을 보며 옆구리에 시림 증상을 호소하던 시절이었다. 마침 눈에 띄는 연애 관련 책이 있었다. 제대로 된 연애를 하고 싶었던 나, 이선주. 그 자리에서 책을 집어 들고는 단숨에 읽어 내려갔다. 그러던 중 눈에 띄는 구절이 있었다. 자기가 만나고 싶은 사람을 종이에다 구체적으로 적으라는 것. 그렇게 하면 실제로 원하는 사람을 만날 확률이 높아진다고 했다. 실제로 집에 돌아와 구체적으로 내가 원하는 사람에 대해 생각했다. 난 어떤 사람을 좋아하지? 그 사람이 내게 어떻게 해주었으면 좋겠는가? 어떤 사람과 있으면 편안했더라? 와 같이 내가 원하는 사람에 대해 집중하기 시작했고, 진심을 담아 꾹꾹 목록을 작성했다. 그리고는 덮었다. 그리고는 한 참을 잊고 지냈다.

시크릿노트 덕분일까? 놀랍게도 나는 그 목록에 쓴 것과 비슷한, 내가 원하는 사람을 만나 연애를 시작했다. 그리고는 거듭된 이별로 힘들어 하던 친구에게 이 방법을 전수해주었다. 반신반의하던 친구 역시 구체적으로 목록을 작성했다. 그리고서는 평생을 함께 할 지금의 남자친구를 만났다.

말에도 힘이 있지만, 글에는 더욱 큰 힘이 존재한다. 나의 생각이 진하게 녹아들어 있기 때문이다. 시중에 나와 있는 책들을 보면 『3개의 소원, 100일의 기적』, 『종이 위의 기적, 쓰면 이루어진다』, 『쓰면 이루어지는 행복 비밀노트』와 같이 글의 힘을 증명해주는 책들이 많다. 그러나 중요한 것은, 일단 쓰기 전 내가 원하는 사람의 모습을 구체화하는 게 중요하다. 정말로 내가 원하는 사람을 만나기 위해서는 나만의 시야를 갖는 연습을 하는 게 먼저다.

그러기 위해서 단 몇 달이라도 혼자 있어보는 시간이 필요하다. 혼자 있을 때 나를 아껴주고 사랑하는 일들을 많이 해야 한다. 그래야 사랑으로 가득 찬 내가, 사랑으로 가득한 상대를 만날 확률도 높아진다.

두말할 필요도 없이 결혼할 상대는 중요하다. 평생을 함께 한다는 건 말처럼 쉬운 일이 아니기 때문이다. K양은 가게를 하는 어머니의 소개로 한 남자를 만났다. 그는 어머니 가게의 손님이었다.

어머니의 소개이기도 해서 그녀는 아무 의심 없이 그와 3년간 열애를 했다. 결혼을 위해 집도 마련하고 결혼식장까지 알아보던 그녀는 결혼 전, 충격적인 사실을 알게 된다. 직업 특성상 해외출장이 잦았던 그녀. 어느 날 남자의 핸드폰 검색창에는 'XX안마방'이라는 검색어가 줄줄이 떠 있었다. 그는 그녀가 해외근무를 갈 때마다 안마방에 갔던 것이다. 결국 그 결혼은 취소되었고, 그녀는 큰 상처를 받고 눈물을 흘렸다.

이와 비슷한 사례가 하나 더 있다. 어릴 적부터 가난했던 J양의 어머니는 항상 대기업 사위, 의사 사위를 바라셨다. 홀로 자식들을 키우며 고생에 고생을 거듭한 어머니의 시선은 항상 '돈'에 초점이 맞춰져 있었다. 따라서 자식들의 행복 또한 '돈'일 거라는 생각에서 벗어나지 못했다. J양의 남자친구는 대기업 직원이었다. 그런데 그는 여자에 대해 매우 보수적인 생각을 가지고 있는 사람이었다. 남자 여자 함께 일해도 여자는 집에 오면 집안일을 해야 하고, 남자는 소파에서 쉬어야 한다는 주의였다.

어머니는 그런 이야기를 들어도 대기업 사위를 놓칠 수가 없었다. 어머니가 살아온 환경이 딸에게까지 미친 것이다. 딸은 결국, 자신의 행복보다 힘들게 살아온 엄마의 바람을 들어주기로 마음먹었다. 엄마가 힘들어하는 모습을 계속해서 보고 자란 탓인지, J양은 항상 자신보다 엄마의 기준에 맞춰 살았다. 자신이 행복해야 엄마도 행복하다는 사실을, 그녀는 몰랐던 것이다. 그녀는 여전히 카오스 속에 산다. 외부적인 요소에서 오는 행복이 완전한 행복을 가져다주지는 못했다. 내면에서 우러나는 목소리를 외면한 결과였다.

나이가 들수록 자신만의 안목을 갖기가 더욱 어려워진다. 그래서 한 살이라도 어릴 때 나만의 시간을 갖고 지내보는 게 중요하다. 자신이 진정으로 바라는 배우자 또는 연인을 갖고 싶다면 혼자만의 시간을 알차게 보내라. 그리고 작성해라. 내가 바라는 사람에 대해. 실제로 이 방법은 주변의 사람들에게 90% 효과가 있었다.

작성할 때 주의할 점은 1) 충분히 고려하고 나만의 공간에서 적을 것 2) 내가 바라는 사람을 만날 거라 확신하는 믿음이 있을 것 3) 10가지 내외로 구체적으로 적을 것이다.

마지막으로 실제 연인을 만나기 전, 내가 작성했던 시크릿노트를 공개하고자 한다.

1) 술, 담배를 하지 않는 사람

2) 로맨틱한 사람(내가 우울한 날이면 꽃을 들고 찾아와주는 사람)

3) 키가 170cm 이상인 사람

4) 가정적인 사람

5) 유머코드가 잘 맞는 사람

6) O형 아니면 A형인 사람(어릴 때부터 혈액형에 관심이 많았던 나, 실제로 A형을 만났다)

7) 요리를 잘하는 사람

여기서 더 추가해도 되고, 자신의 마음이 편안할 만큼 적으면 된다. 시크릿노트를 작성하기 전, 충분하게 나만의 안목을 갖추었는지, 엄마가 원하는 사람이 아닌 내가 원하는 사람이 누구인지 진지하게 생각해볼 필요가 있다.

나는 이제
결혼할 준비가 되었다

불완전한 연애란 무엇인가? 불완전한 연애의 이유는 무엇일까?

나는 겉으로 내세우는 자존심은 무척이나 강했다. 반대로 자존감은 낮은 상태로 머물러 있었다. 속으로는 버림받을까봐 두렵고, 무서웠다. 그러나 절대로 티내려 하지는 않았다. 연약함을 들키지 않기 위해 "내가 너 만나주는 거야. 알지?" "나니까 너랑 사귀는 거지~"와 같은 못난 말들을 내뱉기 일쑤였다. 진짜 속마음은 '나 버림받기 무서워. 떠나지 않을 거지?' 같은 것이었다.

한 사람에게 계속해서 사랑을 갈구한다던지, 같이 있어도 외롭다던지, 떨어져 있으면 보고 싶다가도 같이 있으면 계속해서 싸운다던지, 너무 바라게 된다던지, 집착과 의존성 등…. 불완전한 연애는 여러 형태로 나타난다.

'내가 좋은 사람이 되어야, 좋은 사람이 온다'라는 말이 문득 떠올랐다. 좋은 사람. 내가 원하는 사람. 그러기 전에 내가 먼저 좋은 사람이 되어야겠다, 그에 걸맞는 사람이 되어야겠다, 라는 생각이 들었다. 그때부터 혼자 있는 시간을 나를 채우는 시간으로 쓰리라 마음먹었다. 집구석에서 신세한탄만 한다고 대체 무엇이 달라진단 말인가? 그저 힘들다, 외롭다 하기보다 '곧 좋은 사람이 내게 올 거야'라는 생각으로 나 자신을 가꾸는 데 더 에너지를 쏟았다. 그러다 보니 자연스레 자신감도 생기고, 밑바닥이었던 자존감도 점차 솟구쳐 올랐다. 그렇게 연애 경험도 쌓이고, 연애 속 성장통 또한 경험하게 되었다. 그 성장통을 이겨낼 수 있었던 건 누군가에게 의지하기보다 오로지 내 마음과 내 감정에 집중할 수 있는, 혼자만의 시간과 공간이었다.

결혼한 지인 중 한 분은 자신의 사연을 이야기했다. 남편을 만난 시기가 자기 스스로 완성되었다고 느낀 시점이었다고. 그 전에 만났던 사람들을 덜 사랑하거나 했던 건 아니지만, 지금의 남편과 결혼하고 10여년이 지난 지금도 행복할 수 있는 이유는 단 한 가지. 서로 온전한 인간으로 만났기 때문이라고 한다. 자신이 올바로 서지 않았던 시절에는 늘 다투는 연애가 일상이었다고 한다. 남자친구에게 화를 내고, 이유 없이 짜증을 내고, 그리고 그것을 정당화하고. 그러다 보니 서로 지치는 연애를 반복했다. 그녀는 계속해서 해결되지 않는 연애 문제가 나 자신의 문제임을 인정하는 게 처음에는 어려웠다고 한다. 그러나 내가 성숙하지 못했음을 인정하고 내가 나를 진정으로 채우지 못한 것을 받아들인 후에는 비로소 나 자신을 채우는 일에 몰두했다고 한다. 혼자인 시간을 외롭다고 생각하기보다 나 자신을 채우기 위한 시간으로 생각했다.

'사랑의 표현은 자기성장과 같다'라는 말이 있다. 이 말은 나 자신에게만 집중해서 상대방에게 이기적인 행동을 표출하는 게 아니라, 평소에 스스로도 외롭지 않고 충만한 상태를 느끼는 것을 의미한다. 혼자 산다고 해서 무조건 이런 것들을 깨닫는다고 하기는 어렵다. 그러나 온전히 홀로 시련의 시간을 느끼고, 온전히 홀로 고통의 시간을 감내하는 것은 혼자가 아니면 경험하기 어려운 일이다.

여대생 B씨는 얼마 전 남자친구와 헤어졌다. 그녀와 늘 함께하는 어머니는 말씀하셨다.

"그 남자는 이렇고, 저렇고. 어떤 남자는 이런데, 걔는 그렇고 그래. 이런 남자를 만나야지. 어쩌고저쩌고…."

B씨는 안 그래도 혼란스러운 마음에 더욱 혼란이 왔다. 차라리 마음껏 슬퍼하고 싶었다. 펑펑 울고 싶어도 방문이 열릴까봐 마음껏 울지도 못했다.

예전의 나는 '내로남불'(내가 하면 로맨스, 남이 하면 불륜이란 뜻으로, 내가 하는 행동은 합리화하고, 남이 하는 행동은 옳지 못하다는 태도)의 대명사였다. 연애할 때는 특히 심했다.

"난 되지만, 넌 하면 안 돼."

"내가 만나주는 거니까 너는 무조건 나에게 이렇게 대해야 해."

이런 말들은 한 인간으로서 완전하지 못했던, 낮은 자존감을 가리기 위해 나온 말이었다.

친구들과 만나 술을 마시면 다음날 숙취와 더불어 많은 후회가 밀려왔다. 이별의 아픔을 술로 달래는 것은 지금 생각해보면 몸도, 마음도 망가뜨리는 행위였다. 술과 함께 허기진 마음을 음식으로 달래니 체중이 7kg나 불었다. 자존감은 더 바닥을 칠 수밖에 없었다. 내가 나를 이겨내지 못하면 이런 상황은 계속해서 이어질 것이었다. 나는 나를 바꾸기로 결심했다. 나 혼자서도 충분히 이 감정을 다스릴 수 있으리라. 혼자서도 잘 해낼 수 있다는 굳은 결심을 했다.

처음에는 불쑥 불쑥 올라오는 감정들이 감당이 되질 않았다. 나는 그 감정들을 글로 옮기기로 하고, 날마다 다이어리에 기록했다. 여태껏 나를 챙겨줬던 친구들에게 고마운 마음을 편지에 담기 시작했다. 쉬는 날에는 기분이 좋아지는 영화를 보거나 운동을 했다. 또는 독서를 했다. 유튜브를 통해 내게 도움이 되는 영상들만 골라봤다. 끊임없이 움직였다. 집 청소를 깨끗이 하고, 나를 위해 건강한 요리를 했다. 지혜로운 삶을 살게 해달라고 기도했다. 바삐 움직이는 시간을 늘리니 자연스레 실연의 고통은 줄어들었다.

자취를 시작하기 전의 연애와 지금의 연애는 확실히 다른 점이 있다. 남자친구는 일요일 하루는 온전히 쉬어야 한다. 대신 평일에 한 번, 토요일 한 번 나를 만날 때는 핸드폰 한 번 만지지 않고 내게 최선을 다한다. 예전 같았으면 욕심으로 가득 차 있던 나는 일요일에 쉰다는 것 자체가 이해가 가지 않았을 것이다. 이해하려고도 하지 않았을 것이다. 매일 나를 만나주어야 한다고 생각했을 것이다.

지금은? 오히려 일요일에는 내가 하고 싶은 일도 하고, 만나고 싶은 사람들도 만나면서 나 또한 소중한 시간을 얻었다고 생각한다. 운동을 좋아하는 남자친구 또한 나와 같이 15kg를 함께 감량한 다이어트 동지다. 여러 면에서 배울 점이 많은 사람이지만, 일단 결핍되지 않고 온전한 사람이라는 느낌을 받았다. 처음에는 서운한 점도 있었지만, 지금은 혼자 있는 시간이 외롭지 않고, 오히려 충만함을 느낀다. 그 시간을 충만하게 보내고 나면 데이트를 할 때에도 완연한 에너지로 행복한 데이트를 즐길 수가 있다.

진짜 좋은 사람을 만났다는 증거 7가지가 있다.

1) 아쉬울 정도로 시간이 빨리 간다.
2) 자발적으로 자기계발을 많이 하게 된다.
3) '우리'라는 단어를 자주 입에 올린다.
4) 날씨가 선명하게 느껴진다.
5) 혼자 있어도 외롭지 않다.
6) 좋은 걸 보면 가장 먼저 생각난다.
7) 함께하는 미래를 자주 그리게 된다.

이 중 나는 몇 가지가 해당되는지 한 번 체크해보자. 내가 불안한 연애를 할 때는 한두 가지밖에 해당이 되지 않았다. 그러나 혼자만의 시간을 충분히 채우고 난 지금은 7가지 전부가 해당된다. 그렇다. 연애든 친구문제든, 모든 답은 내 안에 있다. 자꾸 상대방에게 무언가를 바라게 되고, 무언가를 받았어도 금세 잊어버리는 태도는 내 안에 여전히 결핍이 있다는 상태다. 그 상태를 직시하고 바라보아야만 한다. 일단은 내가 채워져야 다른 누군가에게 사랑이든 무엇이든 줄 수 있음을 기억하자. 내가 채워지느냐, 더욱 공허해지느냐? 그것은 혼자서 시간을 어떻게 보내느냐에 따라 달라진다.

결혼 전 자취생활은 나를 채우기 위한 필요불가결한 시간이라 말하고 싶다. 홀로 온전히 설 수 있을 때 비로소 온전한 사랑 또한 가능하다. 연애가 불안정하다면 내 안에 문제가 있다는 것이다. 그 답을 찾기 위해서는 나 자신과 진지하게 대면해보는 시간이 필요하다. 다시 오지 않을 이 소중한 시간은 내게 너무나도 값진 보물 같은 경험들을 안겨주었다. 혼자 살 기회를 준, 좋은 사람을 만날 기회를 준 내 삶에게 무한히 감사한다. 그리고 같은 곳을 바라보며 성장해갈, 아낌없는 사랑을 주고받을 내 미래의 동반자에게도.

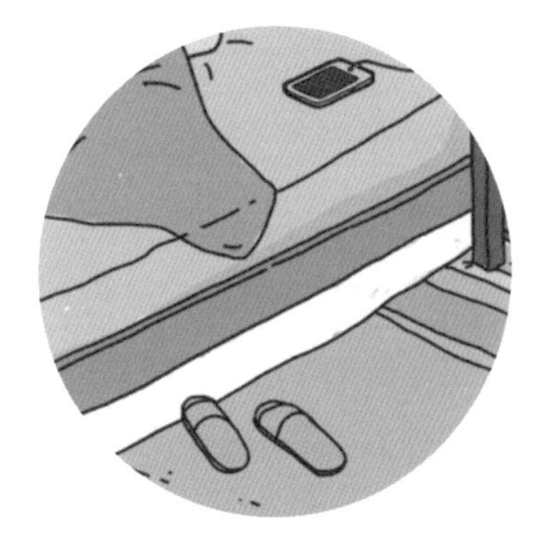

결혼하기 전에
한 번은 혼자 살아보고 싶어

초판1쇄 2019년 10월 25일 **지은이** 이선주 **펴낸이** 한효정 **편집교정** 김정민 **기획** 박자연, 강문희 **디자인** 화목, 이선희 **일러스트** rea:me **마케팅** 유인철, 임지나 **펴낸곳** 도서출판 푸른향기 **출판등록** 2004년 9월 16일 제 320-2004-54호 **주소** 서울 영등포구 선유로 43가길 24 104-1002 (07210) **이메일** prunbook@naver.com **전화번호** 02-2671-5663 **팩스** 02-2671-5662
홈페이지 prunbook.com | facebook.com/prunbook | instagram.com/prunbook

ISBN 978-89-6782-094-7 03810

값 13,900원

이 도서의 국립중앙도서관 출판예정도서목록(CIP)은 서지정보유통지원시스템 홈페이지(http://seoji.nl.go.kr)와 국가자료공동목록시스템(http://www.nl.go.kr/kolisnet)에서 이용하실 수 있습니다.
CIP제어번호 : CIP2019038249